紙黏土

吳俊賢 —— 著

匯智出版

責任編輯：羅國洪

封面設計：洪清淇

紙黏土

吳俊賢　著

出　　版：匯智出版有限公司

　　　　　香港九龍尖沙咀赫德道2A首邦行8樓803室

　　　　　電話：2390 0605　　傳真：2142 3161

　　　　　網址：http://www.ip.com.hk

發　　行：聯合新零售 (香港) 有限公司

　　　　　香港新界荃灣德士古道220-248號荃灣工業中心16樓

　　　　　電話：2150 2100　　傳真：2407 3062

印　　刷：陽光 (彩美) 印刷有限公司

版　　次：2022年1月初版

國際書號：978-988-96155-0-7

序

—— 踏實而又非凡的人文創作修行

唐睿

　　認識俊賢，是在2016年創意寫作課，當時他是浸大創意及專業寫作學士課程的二年級生。同屆之中，有不少別具創作潛質，對文藝抱有相當熱情的同學，他們於在學期間，已有好幾位，通過實習或大學內外的各種機遇，投身文藝工作，並在畢業之後，繼續在不同的文藝領域，從事文藝創作、編輯出版，或者藝術行政管理等工作，而在芸芸同儕之中，俊賢所走的路，可謂既踏實，又非凡。

　　說這是一條踏實的路，因為無論在大學就讀時期，抑或在畢業之後，俊賢的文藝修行，大都是些「常規」經驗。他的學科實習，是為《大頭菜文藝月刊》撰寫文稿；至於畢業之後，為了集中精力繼續精進創作，俊賢並沒有急於尋找全職工作，而是一邊為《大頭菜文藝月刊》和《中學生文藝月刊》撰稿、宣傳、推薦學生投稿、擔任比賽評審；一邊在中學兼任語文和創作班導師，從而為自己預留時間從事創作。

　　至於說俊賢的文藝道路非凡，則是因為，在俊賢這段看似平實的文藝歲月裏，他屢屢在不同的創作比賽裏奪得佳績，而

這些驕人的紀錄，實在讓人感到既羨慕又妒忌。自2019年開始，俊賢的名字就不斷出現在本地幾個主要的文學創作獎的獲獎名單上，包括青年文學獎、大學文學獎、中文文學創作獎，以及全球華文青年文學獎等等，而他的獲獎文類，更是涵蓋了詩歌、散文、小說和小小說，足見他是一位兼善多種文體的多面手。

　　這樣的獲獎紀錄明確地說明了，俊賢在文藝創作方面，確實具備相當的才華和潛質；不過，這並不意味俊賢走過的文藝道路，就一定比別人輕鬆和舒坦。事實上，當我們查看俊賢的投稿記錄，就會發現，他的創作成績，並不單單依靠天賦，而是在於他所下的苦功。

　　俊賢最早的發表記錄，可上溯至2016年，當時他還是浸會大學創意及專業寫作的二年級生。由於寫作科目大都不設考試，而是以作品和課上報告作為評核要求，所以每門課要求學生寫作的篇章數量，都較其他學科多，學生在一個學期十三周的時間內，大約有六至八、甚至更多的篇章，而這還未算課上的一些小練習和專題報告……在這種高密度的訓練下，學生很容易就會筋疲力竭。可是俊賢在這種挑戰下，卻仍能夠以穩健的步調，創作出水準優異的文章，甚至在學科的寫作外，同時兼顧實習等額外的寫作，並屢獲文藝刊物刊發稿件，背後的努力，不言而喻。

　　這本《紙黏土》裏，不少就是當時創作的篇章。這些篇章的刊發頻率，除了説明俊賢多年來如何用功，同時也讓我們看到俊賢如何在創作路上不斷精益求精，尋求蜕變。

　　俊賢為這本小説集取了一個較為平實、別具日常氣息的書名，並在自序裏概括提到，書中所寫的，都是一些踏實生活的基層人物故事。因此，這並不是一本虛構故事集，而是一部具備寫實基礎的小説集。

　　確實，當我們走進這些故事，我們迅即能夠找到一個個在現實生活中似曾相識的人物和故事，包括〈根〉裏面，在廟街攤檔賣發洩球的根；〈殘紅〉裏面接掌麻將館的阿母和妳，以及這對母女間的複雜關係。除此之外，還有〈裁員〉裏面，那位卑微的打工仔Peter和他不可一世的上級李主任；還有〈解虫〉之中，對自我感到困惑的美玲。

　　對於寫實文學，不少人都有一種誤解，覺得寫實作品往往只是複製、挪移一些現實素材，稍加剪裁，就能夠完事，彷彿這是一種毋須太講究風格、技術含量偏低的寫作取向。然而，只要細讀俊賢這本集子，就會發現，寫實取向的文學作品，其藝術價值絕對不比其他作品遜色。《紙黏土》裏的篇章並沒有誇張和戲劇性的情節，卻包含了密度極高的心理和場景描寫，多元的敍述語調和氣氛，以及精妙的象徵筆法和意象經營。

　　這些以日常生活為題材的故事，其實並不容易處理，因為它們看似太「尋常」，彷彿無甚獨特和值得書寫的地方，但俊賢

卻能從一眾看似平凡人物的平凡故事，探挖和釋放出大量深層
情感和訊息，實在非常難得。〈根〉裏面就有一段精彩的描寫，
刻劃廟街玩具小販根，抱怨當陪月的妻子慧工作晚歸時，二人
的複雜心理和感情：

　　話筒裏慧的聲音有點遙遠，他想像妻子的雙手正忙
於換片或煮食，只能側着頭，用肩頭夾起電話跟他簡單交
代。背景是陌生的人聲和嬰兒無休止的啼哭。

　　慧掛了線，根晃過神來，忽然被一陣孤獨襲上，然
後是憤怒。他不喜歡慧撇下他們父子，前往陌生的家庭料
理別人的孩子。「佢哋係咪新鮮蘿蔔皮，非要人抱不可！」
那夜慧十時才抵家，未待她解釋完，根便站起來大罵。
（……）「又唔見你個陣陀住明仔有抑鬱，要畀錢請人返嚟
安慰你。」面對丈夫罕有的暴躁，慧的疲憊感就像衣服上的
奶膔味，蔓延一身。縱然她感到冤屈，可是她尚能聽出，
根恨的不是她，她的罪狀不過是回家有點晚。（……）

　　可是慧已疲於申辯，相比言辭的角力，她更安於利
用她敏銳的觸覺，默默捕捉細節然後採取恰如其分的措施
應對。像她步入家門時，習慣用煙灰缸裏煙蒂的數量和長
度，量度丈夫的煩惱。她逕自回房間，放下袋，隨手取了
套乾淨衣服，便躋身入浴室。浴室的門鎖上，開啟一屋的
沉默，像許多個日常。門後水聲淋漓，水滴卻彷彿敲在根

的頭上。他想起慧坐月子時，很多次都把自己困在房間。隔着虛掩的門，根看見妻子瑟縮床上，悄悄流淚，邊呵着孩子，一抖一抖的，像母牛舐舐步履仍未穩健的小牛。

這段的主訊息，就是夫妻二人的矛盾，但文中還通過場景描寫（慧工作時的忙亂景況，表現了慧的苦衷）、心理描寫（慧察看煙蒂的一節，一方面表達根對慧的牽掛，同時又道出了慧對根的理解），以及補充敘事（通過根回想慧昔日坐月子時的寂寞，道出根對慧的愧疚和憐愛），來細寫二人之間的纖細情感，讓兩個在社會裏看似不值一顧的小人物，躍現於讀者眼前。

在《紙黏土》裏，這些所謂的小人物，不再是道上面目模糊的路人甲，或者阻礙着列車車門關上的物體，而是跟你我一樣，有血有肉、有情感、有故事、有所愛之人和有人所愛的人。這種深刻的人文訊息，可說是俊賢小說的一大價值。

除了人文關懷，小說裏面的意象經營，也非常值得注意。

《紙黏土》裏面的故事，大都涉及一些平凡人的小生活，因此故事情節往往比較平緩，但儘管如此，這些故事卻毫不蒼白。事實上，《紙黏土》裏的許多篇章，都具備了豐富的質感和色彩，平凡的故事裏，卻不乏獨特的韻味，而這些色彩、質感和韻味，跟作品裏的意象經營和象徵筆法有着密切的關係。

以〈殘紅〉為例，小說以麻將館為中心，寫三代人之間在傳

承子嗣、男女觀念方面的矛盾和各種情感牽絆。麻將是故事的核心，但俊賢卻沒有將故事的焦點，放在這門國粹的玩法和玩家之間的角力，而是花了極大的心思和創意，將麻將的各種元素，提煉成有助表現主題的象徵符號。

例如「妳」在跟母親的情人——阿雄哥打牌，看到對方摸到了一隻白板，於是就從白板，聯想到「海藍色的方框端正，像一個古董相框裏住一張丟失的照片。白板中央的方格微微滲着黃，彷彿照片丟失後，會看見殘舊底紙上冒起的霉斑。妳一瞥阿雄哥身上那件滿是褐黃色汗漬的背心，正在冷氣風口下微微晃動，便捺不住打了一個寒噤。」為甚麼「妳」會「打了一個寒噤」？在這段描寫之後，「妳」想起了外祖父，因為外祖父曾說過：「要判斷一副麻將是新是舊，看白板留白的位置就可以了。」接着「妳」就陷入了對外祖父的追憶，直到其他牌友催促，「妳」的意識又回到了牌局。然後「妳」揉着雄哥摸過的那隻白板，「擦去阿雄哥遺留上方的汗濕，直至方框裏沒有污漬，沒有塵垢和指紋，即使微微泛了黃妳還是心滿意足，彷彿已履行了外祖父的遺願。」

在這節描寫裏，俊賢以成熟的手法，將「白板」比喻為跟祖父相關的照片，而阿雄哥的汗漬，則成為了褻瀆外祖父甚至入侵家族的象徵，「妳」對於阿雄哥的厭惡和排斥，通過這個意象，非常形象化地演繹了出來。

在這本《紙黏土》裏，除了處處都能見到這種別具匠心的意

象經營，各篇章裏，還不乏精心的結構佈局、準繩拿捏的語調和氣氛，還有洗練的文字。這本小説集不單向讀者敞開一個滿有人文關懷的世界，同時也敍述了一個文藝路上踏實地修行的故事，值得讀者細心品味和欣賞。

30 Septembre 2021
à Hong Kong

自　序

　　紙黏土，是由紙漿混合樹脂和黏土製成的藝術用品，它比一般黏土便宜，可塑性亦較高。

　　本書收錄的九個短篇和十六篇小小說，主人翁大多來自基層，他們踏實地過活，或許，也會在迷茫的歲月裏，懷揣一個卑微卻難以言說的盼望，因不被理解而陷入孤寂的漩渦。風沒有摧毀他們，反讓他們變得牢固和沉重，風乾後變成獨立自足的角色，然後在大城市晦暗的一角，在馬路旁邊，等待交通燈切換時，與你擦肩而過。

　　與其說我喜歡創作，倒不如說，我擅長把生活經驗化為文字。小說創作一般比新詩和散文更講究情節的合理性，而這一切又建基於對人情世態的理解。我們的社會像個搶包山競賽，大多旁觀者都愛翹首仰望，抵住艷陽，也要看選手如何賣力往塔頂攀登，卻沒有多少人留意，散落一地的包子，被幾個駝背的老人撿拾，塞進衣袋裏，姍姍離去。

　　紙黏土風乾以後，我選擇讓它靜靜擱着，至於色彩，還是由得他們自行去尋覓。他們身上已深深刻印了我的指紋。這才發現，原來作家與他筆下的人物，能產生一種近乎親子的依附關係。我嘗試在校園的角落尋找劉文倩，從茶餐廳的廂座尋找

根，在商場的扶手旁看見憑欄閱讀的素蘭，在尖沙咀街頭，或會找到揮動旗子的小岑、捧着攝影機對焦的Mark，還有身邊捂着胸口經過的林善。我渴望他們的聲音得到垂聽，讓社會變得更豐富多彩。

感謝唐睿老師賜序和胡燕青老師賜推薦語，感謝關夢南先生的提拔，感謝羅國洪先生的認真把關。更重要的是，感謝我的家人，一直尊重和不干預我選擇的所有路途。

希望你樂意翻開《紙黏土》，閱讀更多人的內心故事。

目 錄

肥皂夢

根

一

人流帶着尖叫聲四散時，那個人已經靜靜伏在大堂中央，摔了個稀巴爛。根想到了發洩球，但零散的肢體沒有神奇地合攏，恢復生命的本質。他喃喃地，向掩着眼睛的慧說，人真的很化學。

生命不需要依仗甚麼，一切從簡就好。根如此堅信着。

二

傍晚六時，從茶餐廳瞥出去，天色已黯淡下來，靜待鎢絲燈膽為各個攤子懸起一個熱鬧的夜。入冬的夜來得特別早，根記得他駕的士的年代，下午五時交更，天色尚未入黑，世界凝滯在朦朧的白，像起霧的倒後鏡。有時駕車太用神，恍恍惚惚也忘了那是清晨還是黃昏，就像從一頓午睡醒來，剎那沒了時間觀念。他叼着咬得扁扁的飲管，杯子裏空氣擠壓的聲音很吵耳，凍檸茶早就喝完，融化了的冰水也被他喝得清光。良哥見

時候不早，便為他從儲物房推出紙箱，好讓他去開檔。

　　說是檔，其實不過是摺桌、摺椅和一疊紙皮構成的小攤子。與其他廟街擺檔的小販不同，根沒有用鐵通築起魚骨天線形狀的支架，再往支架披一塊帆布或瓦通板，把自己的攤子從旁邊的隔開去。慧總說他做事馬虎，忽略包裝和細節。那時根正攤坐在沙發上，報紙揚得高高的，擋去妻子的臉。他知道慧是識趣的女人，很快便會住嘴，回廚房洗她的菜，切她的肉，讓家裏恢復沉寂。

　　他翻開一盒發洩球，先是捏揉按壓，再狠狠摔在桌上做示範，這樣的狠勁偶爾能引來一些情侶駐足。有些洋人遊客托着攝影機，覺得有趣，碧藍色瞳孔便把一切映入快門，還嘰里呱啦的說着雞腸，根聽不懂，只管笑。洋人也笑，因為語言障礙而沒有深入交流，但根喜歡這樣的生活，收入雖不多，但勝在簡單、滿足。他不像慧，凡事追求完美。不過他想，這也難怪，她必須以這樣的態度維持生計。

　　明仔仍是小學生時，根的生活是這樣的：清晨起床，為兒子煮早餐，多是廉價的福字麵，偶然有較昂貴的出前一丁。上學的路上，他為明仔肩書包，抵校門才歸還兒子，隔着操場的鐵欄，目送兒子的小頭顱在同學中湮沒。兒子升中後他仍堅持送上學。可是背上的書包越來越重，他感到有點難以負荷。直至一天，明仔在返學途中沉默不語，好像有甚麼顧慮，他沒有過問。小巴在路上奔馳，窗外颼颼的風聲填塞二人的沉默。下

車時根用左肩揹着書包，大概是衝力太大的關係，抖出了原本放在書包旁邊的水瓶，險些還滾出馬路。根慌忙蹲下來撿拾，沒料到身後的書包太重，他一失平衡便跟蹌跌坐在地上。明仔的臉憋得有點紅，回到校門才説一句：「以後不必再送我上學了，爸。」根半張開唇，又閉上，點了點頭，沒有答話。明仔一個箭步走到樓梯的拐彎處，在他的視線裏消失。

翌日起，即使父子前往的地點相近，根還是會先讓明仔出門，從油麻地乘小巴回長沙灣的學校上課，自己等候下一班車，待其餘十五個座位將近填滿，到深水埗入貨。福榮街是著名的玩具批發點，街的兩面盡是玩具批發店。有的兜售布偶，同一款式的玩偶在大膠袋裏堆疊，擠得面容扭曲，像被壓扁的饅頭，塑料袋上用藍色箱頭筆標價。有的賣模型，囤積一個個輕盈的紙盒，店前櫥窗會展示拼湊後的成品。每天早上，店主都會把收攏店裏的貨架推出，拿一根晾衣服用的長長的丫叉，扣着產品串上的S形鈎，吊到店外的樑上，產生一種繽紛豐饒的感覺。

根放棄駕車，賴以這樣一個攤子賣玩具，除了厭倦漂泊，大抵還跟秀有一點關係。

三

秀喜歡精緻美好的事物。

乃至根想起秀和他的相處回憶時，記憶中的片段往往添了

一層粉色濾鏡。那是一種從慧身上未曾感受過的浪漫。偶爾，真的非常偶爾，慧從廚房端出熱湯，油煙熏得她一臉的汗，她用手背擦拭並揩在圍裙上時，根會想起秀。有時他想，假若慧不曾出現在他的生命，如同那珠寶商人不曾出現秀的生命裏，他會否過得像現下一樣，那麼安穩無虞。

那晚，天很早入黑，彷彿為着稍後亮起的鎂光燈，故意把舞台壓得一片漆黑。根把的士歸還車主後，亮了支煙，站在街邊。他喜歡待到兩旁的街燈逐一點亮才離去。反正他沒有家，沒有要趕及的約會，時間是年輕的他最充裕的資本。他沿着彌敦道散漫地走，進了一條內街，打算找家茶餐廳落腳。良記茶餐廳門前，膠簾子被油煙熏得有點朦朧，他瞄到廂座有位，便潛了進去。

秀就是收銀枱前那矮小的女子，長髮及肩，瓜子臉，淡淡施了點脂粉。根點了個乾炒牛河，從筒子抽出一雙筷子，倒插進水杯裏清洗，便看見了她，不禁支着腮欣賞起來。她似乎意識到廂座有雙眼睛注視着自己，回望向他，連忙羞怯垂頭。當了的士司機近十年，根哥每天如無根的浮萍四處飄蕩。他心裏清楚，自己必須盡早找一塊土壤，不必豐腴，健康和簡單就好，只要能讓他進入，扎下屬於自己的根。

於是他上前跟她搭話，結識了秀。

四

　　那夜，當根在廂座吃河粉，靜靜眈視正在入賬的秀時，還以為她是個中學還未畢業、輟學來茶餐廳打工幫補家計的女孩。後來他想，假如秀真是這樣的一個女子，那該多好。儘管他知道自己年齡比她大了一截，但倘若身份匹配，大概還是可能的。

　　只是沒想到，秀是大學生，趁假期來親戚的茶餐廳幫忙，算是做暑期工。這是後來良哥告訴他的。良哥是餐廳的東主，秀是他的疏堂親戚。

　　接連幾個晚上，根都來到良記，其實他不餓，只想來見見秀。直至一天他前來，發現櫃枱換了個中年漢（正是良哥），根感覺不對勁，隨意點了份三文治，便着急地啃起來。他環顧店面，有抖着腿談馬經的老頭，有支着拐杖行走的老婦，就是看不見秀那張清癯的瓜子臉。翌日晚上前來也一樣。到櫃枱付款時，根終於按捺不住，邊遞上一張青蟹，邊悄悄問及秀的下落，裝得一臉尋常。當時大家不認識，良哥有點狐疑，根知道對方打量着他；找續了零錢，良哥便打發他走。根央求良哥給他秀的聯絡方法，但良哥拒絕。根鍥而不捨，又連續好幾晚去探問。良哥念在他的誠意，才暗示他去港大碰碰運氣。

　　多年後，他偶爾還是會想起良哥那猜疑的神情，為着保護一個關係不怎密切的親戚。他想良哥是個好人，像一隻大鳥竭力守護鄰家巢裏的蛋。根知道自己沒有這樣的情操，他只是個

懂得顧全自己生命的人。

　　就像現下，良哥從儲物房推出箱子，在茶餐廳地板拖行時，發出連綿的咻咻聲。紙皮箱擠得滿滿的，都是根的貨品。由於不好收藏，不方便每天帶回家，索性託良哥暫存餐廳，每晚開檔前來取。根每月都會意思意思塞點錢給良哥，算是租金，良哥一般都會推卻。有時他直接搶過鈔票，捲曲，倒插回根襯衣的胸口袋，不忘在他胸膛儀式地輕拍兩下：「袋穩啲，財不可露眼。」有時鈔票會卡着袋裏的電話簿，教塞錢的戲碼顯得冗長。

　　沒有顧客時，根會坐在沒有靠背的圓摺椅上按手機，或翻閱電話簿打發時間。燈下，他架上眼鏡，食指先是往舌尖一舔，逐頁翻開。這簿子是傳統紅黑色硬皮款式，每天隨他出入，作用並不大，像生命裏許多不為甚麼的東西，冗贅但必然地存在着。慧、明仔和良哥的電話他是記得的，一旦遺忘，手機也有通話記錄，用不着查電話簿。簿子用久了，好些頁面染上水印，筆跡化開，橫線也呈波浪起伏。他喜歡翻閱電話簿，準確來說，是喜歡看見自己的生命曾經與不同人牽絆一起的感覺。但根清楚，這裏很多串號碼，伴隨相應的多張臉孔，在他的生命逐漸遠去、淡忘，最後僅餘八個無甚意義的數字組合。

　　包括秀。

五

　　對於不認識的人，我們不會假定他存在，世上便好像壓根兒沒有這個人。慧不認識秀。秀在她心裏就是這樣的存在。

　　可是，根深切地明瞭，某人踏進你生命的舞台，在鎂光燈下盤旋，又悄然撤回幕後，消隱然後再不復見的痛楚。那晚他喝醉了酒，頭顱劇痛，暈眩中晃晃悠悠，像一個陷入末路的陀螺，因乏力而傾側、歪倒。他從黑夜中看到光。那是個電話亭。根把自己困在亭子裏，掏出錢幣，拿起話筒，按電話簿鍵入秀的那排數字。那頭只聽得一陣悶響。因為無人接聽，零錢回吐，跌出清脆的碰響。整整一夜，根倒在電話亭裏，手捏着一個扁扁的罐，裏面還有幾口喝剩的啤酒。那麼辛辣，嗆口。

　　直至慧懷了明仔，根才算放下心來。秀離開他的生命才剛一年，他就娶了慧，挽着妻的手臂走到醫務所，準備迎接他的兒子。他想他終究尋到自己的根。一切顯得那麼安然和順遂，恰如其分得好像身旁的女人由始至終都是一人。秀即是慧，慧即是秀。在診所掛號時，慧感到悶熱，豆大的汗珠滾到她渾圓的臉，頰微微泛着紅。根瞄到旁邊有堆逾期雜誌，揉得破破爛爛的，便隨手抓來一張鬆脫而出的封面，搧動着，為慧撥涼，其他等候產檢的孕婦都向夫妻倆投來羨慕的目光。這催逼得慧更煩躁，教她坐立不安，便環顧起診所裏的海報來。

　　慧知道那些目光裏的羨慕都是疏忽和片面的，就如海報裏的孕婦，凝視自己隆起的微微發光的腹部，如期待某種生命的

奇跡，卻對盆骨的痛感和頻仍的嘔吐置若罔聞。有的展示一家
樂也融融的畫面，女子手抱嬰兒，男子握着奶瓶，二人注視手
裏的孩子幸福地笑着，彷彿相處中不曾有過紛爭和歧異。

　　對於初次懷孕，慧難免有點緊張。她重視細節，於是做了
充分的準備功夫，往往感到焦慮和疲倦。可後來她想，要是懷
孕期間沒有像學生準備公開試一樣苦啃知識，大概她現在也不
會成為一個薄有經驗的陪月員，賺取可觀的收入。當然這是後
話。

　　慧的右手支着腮，左手攔在身後腰肢的位置，怕是懷孕讓
盆骨受罪。根看見她在一個圖表前認真思量着甚麼，表的縱軸
和橫軸是身高體重，標題是BMI三個英文字，括號裏寫着Body
Mass Index。不諳英語的根看不明白，循着尾巴的星號，瞇着眼
才看見注腳上，幼蟲大小的「身體質量指數」六個字。儘管他仍
不明白，但不免有點驚詫，原來生命可以利用「質量」，那麼理
性的用詞來衡量，彷彿一塊扔上秤子，以斤兩計算的肉。未回
過神來，慧已經踏上磅，回頭向丈夫招手，着他過去幫忙。

　　診所使用的是傳統白色的站立式機械磅，需要人手調校
上下兩行的刻度。根湊上去，先替慧調校下行較重的刻度，再
處理上行較輕的，慢慢調校，直至磅尾懸在框子的半空。可是
白色鋼條反覆傾側，像個頑劣的孩子不曾安定下來，弄了很久
始終抵住框子，他開始厭煩，厭煩這一切冗贅而必然存在的事
物。最終還是靠慧動手移起來，她是個行事迅速又精確的人，

磅尾很快就懸空浮着，可是她不感到滿足。她下磅，不忘把兩個刻度胡亂移動了一下，像他們外遊時鎖上行李箱後，不忘打亂密碼鍵上的數字，這是根時常疏忽的步驟。

診所的孕婦漸漸多起來，慧看見丈夫倚站在玻璃門旁，茫然和疲乏，這顯得他忽然蒼老，像個無處容身的老頭。從那時開始，慧就知道，連結她和根的是生活，絕無其他。她撫了撫鼓脹的肚腹，尖尖的小丘囊着他和她的根。在他看來，慧活似一個從海報裏躍出來的準媽媽，幸福地護着她的胎兒。

六

倚站在診所門時，根和慧有種無言的共識。他想到妻子，想到生命的質量，其實他不特別渴望擁有這一切。這一切冗贅但必然的存在，像磅。

慧踏上磅的一霎，他想起了秀。儘管他知道他不該想，可是念頭就像那些擲落地上會反彈的玩具彈彈球，越用力壓抑，躍升得越高，有些還裹着水、閃粉和金屬零件，碰撞地板時會閃光。他常會示範給過路的孩子看，紅綠光交替閃現，在夜市中尤其耀目。根沒有告訴購買的人，白天玩這種彈彈球，微弱的光顯得很沒意思。零件終有一天會耗盡電池，玩上來更添冗贅。

磅重機前，秀躍躍欲試。根掏掏褲袋，投入兩元銀幣，着她上磅。秀像個被逗得樂透的孩子，注視複雜的機件裏那懷

舊的黃光，看着紅白色相間的小輪盤旋動，發出齒輪滾動的聲音，整部機器像個忙碌的小城，獨為她一人經營，默默縫紉出她的體重。秀看得出神，沒留意身後的他，正悄悄把一隻腿擱在磅上，使勁的踩。磅重機噹啷一聲吐出小卡，秀滿心歡喜地取出，觸上去還是微燙的，瞥見上面的體重，稍頓片刻，然後驚呼一聲，尖小的臉上露出龐大的驚訝。根忍不住撲哧笑出來，秀才知道這是惡作劇，連忙嬌嗔地捶打他的手臂。他一邊縮肩，一邊笑。秀嚷着要再試一遍，上磅前還要他站在她視線範圍內，一直擠出怒意來睥着他。古老的機器再吐出卡片，秀掏出，滿足地查看，疊在方才的一張前，兩張卡一同放進錢包的暗格。

他想，四元換取的快樂，那麼廉價。

根並不知道，那是他陪伴秀度過的最後一個生日。秀從大學下課已近傍晚，他把的士歸還後特意往上環，在西港城等秀。他知道秀喜歡復古的建築。秀到來時，果然驚呼了出來。西港城圓拱形的大門、古典的裝潢和充滿特色的小店都讓她歎為觀止。秀把臉貼向櫥窗，逐一駐足欣賞，眼瞳放光。又踏着猶豫的腳步，悄悄走入店，掂量起水晶手鏈、海螺吊飾或注滿彩沙的瓶子，眼裏盡是艷羨。秀喜歡一切精緻的事物。

但根不一樣，他只站在旁邊微笑。

因此，不論福榮街那些相熟的店主如何賣力推薦，打多少折頭，根都不會購入模型。他不喜歡那些表裏不一的紙盒。或

許說，他不喜歡只用作展示的靜止的事物。砌模型是一次性玩意，從白寡寡的塑料膜剪出零件，按說明書或模型肢體上對應的數字拼合、貼貼紙，完成作品，便只能擱在櫥窗觀賞。

這樣的快樂太短暫，太化學，像陀螺。

根想起兒時，陀螺都是木製的，肥肥大大，不似今天這些體形扁扁的金屬製陀螺。他曾售賣陀螺，銷情並不算差，只是他難以時刻在摺桌上做示範。陀螺旋動的時間實在太短，假使在紙皮上做示範，轉動的陀螺很快便會墜入一條裂縫，抑或紙皮下隱藏的坑，沿着軌跡移動，然後很快變得晃晃的，歪倒，然後靜止。他意會到，任何墜入軌道的恆常，教人很容易傾側、歪倒。以後他再沒有購入陀螺。

七

根有時會疑惑，在他做某些重要決定時，到底建基於甚麼理由。他不善辭令，總是羨慕那些把歪理也能說得雄辯滔滔的人。就像他放棄了的士，來夜市開攤子賣玩具。慧出言阻止時，他還是一如既往，揚起報紙，腦裏卻偶爾閃現出那些水晶手鏈和彩沙瓶子。可他不會承認，這一切皆因秀。另一個可以說服自己的理由，是慧和明仔。

慧做陪月員，沒有固定工作時間，有時電話裏她會匆匆交代自己晚上不回來煮飯，原因是要為新媽媽煮薑水洗澡，教她煮代茶，或是煲一窩七十度的沸水洗奶瓶——慧總有明確的理

據。話筒裏慧的聲音有點遙遠，他想像妻子的雙手正忙於換片或煮食，只能側着頭，用肩頭夾起電話跟他簡單交代。背景是陌生的人聲和嬰兒無休止的啼哭。

慧掛了線，根晃過神來，忽然被一陣孤獨襲上，然後是憤怒。他不喜歡慧撇下他們父子，前往陌生的家庭料理別人的孩子。「佢哋係咩新鮮蘿蔔皮，非要人抱不可！」那夜慧十時才抵家，未待她解釋完，根便站起來大罵。明仔見狀不好插嘴，唯有把耳機推得更深。「又唔見你個陣陀住明仔有抑鬱，要畀錢請人返嚟安慰你。」面對丈夫罕有的暴躁，慧的疲憊感就像衣服上的奶臊味，蔓延一身。縱然她感到冤屈，可是她尚能聽出，根恨的不是她，她的罪狀不過是回家有點晚。事實上，她的時間大多不花在嬰兒或新媽媽上，而是在於游說她們同住的公公婆婆，採用她更符合科學的建議。

可是慧已疲於申辯，相比言辭的角力，她更安於利用她敏銳的觸覺，默默捕捉細節然後採取恰如其分的措施應對。像她步入家門時，習慣用煙灰缸裏煙蒂的數量和長度，量度丈夫的煩惱。她逕自回房間，放下袋，隨手取了套乾淨衣服，便躋身入浴室。浴室的門鎖上，開啓一屋的沉默，像許多個日常。門後水聲淋漓，水滴卻彷彿敲在根的頭上。他想起慧坐月子時，很多次都把自己困在房間。隔着虛掩的門，根看見妻子瑟縮床上，悄悄流淚，邊呵着孩子，一抖一抖的，像母牛舔舐步履仍未穩健的小牛。

　　或許由始至終，問題出於他一人身上。因為他忽略細節，認為生命無所依仗。

　　他披了件風衣，便往樓下的唐記包點買飯，見鳳爪排骨飯做特價，便買兩盒。戴圍裙的職員拿着鐵匙，往瓷盅的緣畫一個弧，沾了豉油的飯便落在發泡膠盒子裏。根其實不知道兒子的口味，反正他們都一樣會面向電視，悄悄吃起飯來，沉默如盒裏幾顆豆豉，沉澱至底。電視維持在新聞台，持續放着沉悶的報道，父子倆的臉染上淡淡綠光。螢幕甚少會放映互相掌摑的橋段，更不會有綜藝演員拿着奶油蛋糕向彼此的臉扔擲然後放聲大笑的畫面，根覺得那些人很折墮，恨不得他們下輩子做餓鬼。只是新聞畫面再不平靜了，偶爾看到警察與示威者角力，明仔會看得出神，嘀咕一句甚麼，便蓋上只吃了一半的飯盒做課業去。根忙於啃鳳爪，一節節的小骨，吐在墊桌子的報紙上，一節復一節。這種機械性的動作無甚意義，但適用於生活，嘴巴忙着更省得評論甚麼。

　　飯後，根半躺沙發上按手機，明仔在飯桌做算術題。手裏的諾基亞不聽使喚，每一按都發出一個吵耳的音節。他不特別愛玩手機，事實上他的揭蓋手機無甚可玩，只是偶爾無聊，玩玩貪吃蛇。盯着永不饜足的蛇折曲拐彎，身體因進食逐漸變長。明仔憑按鍵聲大概能猜出蛇甚麼時候會咬到自己的尾巴終止一局遊戲。他咬着筆桿，白了父親一眼，禁不住說：「老豆你部Nokia好嘈呀！點解你玩極都唔厭。」語帶幽幽的怨，像慧。

根沒有回應，乾脆裝作沒聽見，多玩一局。他覺得貪吃蛇沒甚麼不好的，像他往日駕的士，沿路吞食着乘客，賺取金幣。蛇為求覓食，有時會刻意繞大圈子，儘管目標跟牠擦肩而過。蛇也能穿越四面牆壁，鑽入左面的牆，蛇頭便從右面的牆冒出，看似自由穿梭，其實只是在固定的空間裏反覆游走，直至跌入自殘身體的結局。

然後他慢慢意會到，他在家中是一個磅，一個冗贅卻必要的存在。那個傍晚，他正出門要往良記吃碟炒河然後開檔，沒想到慧跟明仔打了個眼色，兒子便踩着碎步上前。明仔學業成績好，也懂事，自小很少央父母買東西。受委屈時從不大發雷霆，只把自己關在房間。隔着門縫，明仔伏在桌子上，肩頭一聳一聳的——這個畫面他非常深刻。

於是他很爽快便答應了明仔買蘋果手機的要求。明仔本來仍娓娓說着這牌子手機如何使捷、如何有助學習——他總是有明確的理據，像慧。聽到父親的許諾，他先是一愣，然後是一臉訝異。「多謝老豆！」他幾乎要摟着他，「等我第日搵到錢，都買一部畀你！」根撫撫明仔的頭，說句傻孩子，便逕自離開了。他最終沒有去良記，只往唐記買了兩個蒸包，吃上去寡寡苦苦的，才發覺忘了撕去包底的紙。對面街的歌廳仍未傳出走調子的歌，大門永遠黑着，還有雞記雀館、幾家當鋪和數不盡的青樓，築起一個物慾的城市。

整晚他都心神恍惚，索性提早回家。慧用手肘挣挣他的

肩，雙手揉着護膚霜：「個仔我都有份，部手機我夾一半啦！第日我再同佢夾錢，買部畀你。」根執意搖搖頭，沒有說話。他想他不會用智能手機，他愛諾基亞的輕巧和實在。他關了房門，摟着慧的肩頭，吻起來。做愛過程中，除了偶爾的輕哼和呼喘，房間維持它一貫的沉默。

生命不必依仗甚麼，一切從簡就好。他如此堅信着。

<h1 style="text-align:center">八</h1>

根有時實在討厭自己疏忽的個性。乃至秀脖子懸着一條鑽石項鏈，話裏逐漸加插了一個黃姓珠寶商人來，他仍未察覺到端倪。

他匆匆來到良記時，一名食客正叼着牙籤付錢。根見良哥在櫃枱，急不及待湊上去，冷不防碰到那名食客，食客找續回來的零錢便叮咚撒落一地，那人白了他一眼：「趕住去投胎咩！」根連聲道歉，忙不迭問良哥有關秀的事情。良哥低着頭，冷冷的數着賬單，又把幾張刺入櫃枱的針柱。單據沾了水和油，濡濕的一串，根看到單據上的茶餐廳術語，冬OT、歹旦反，簡略便捷。

原來黃姓商人是秀實習公司的上司，希望秀畢業後隨他去美國發展事業。沒等根反應過來，秀已搭着他的肩頭，輕聲說：我介紹個朋友給你認識。街燈下，腕上的珍珠手鏈泛起一層渾圓的光，他只覺耀眼。他希望說些甚麼，或許是一句含醋

意的責備，或是誠摯的挽留，但他感到嘴巴很乾，不由得抿着唇，沒有答話。他不善辭令，一直如是。

秀於是安排了茶聚。酒家是黃姓商人預訂的，位於尖沙咀。根很少出入這種場所，升降機裏有電視播着輕快的背景音樂，他面向鏡子，扯着掃着身上有點皺的襯衣。酒家的裝潢比他曾光顧的都要豪華，店面寬敞，桌子隔得很開，甫踏進去就瞥見秀和黃姓商人，在大舞台前的一桌談笑着。秀尖小的臉笑起來一仰一合，氣氛融洽得讓他怯於打擾。他感到自己的存在那麼冗贅，像酒家故作氣派的絨毛座椅，沉重得難以挪動。若不是秀朝他招手，他想必會折返而去。

赴會前，黃姓商人在他腦裏一直是個油頭粉面、西裝外套撐得寬寬的中年胖子。根沒想到對方原來比他年輕，是個瘦削的、染了髮泥、衣著光鮮的年輕人。他站起來，右手握着茶壺向根空空的杯子添茶，左手得體地攔在腹前，擋住領帶晃落，那姿態在根看來似是一種施捨。他用指骨叩叩桌面以示謝意，心裏卻好像連那微末的優勢都喪失了。他一直喝茶，小口小口的抿，卻又怕喝水太多，得頻頻如廁。

他腎臟不好，水也不多喝，免得開工時要憋尿，這或許也是教他轉行的原因。工作時如有便意，幸運的話尚能找到公廁把車子停泊附近，揸揸水。否則唯有把車子駛往人跡罕至之地，找個草叢，或用塑膠水瓶抵住私處。腎臟虧損，排出的尿液呈淡黃色，還冒着泡。他一般把盛有尿液的水瓶放在腳邊，

免得讓客人看見。有次車子拐彎過急，水瓶晃晃蕩蕩滾到了副駕，後座的孩子見狀，忙嚷着：「司機叔叔，你樽茶碌咗過隔籬呀。」倒後鏡裏，婦人連忙掩着兒子的嘴巴。根覺得丟人，又只好佯裝甚麼都沒聽見，繼續駕駛。沒想到待了良久，婦人會加一句：「唔好意思司機大佬，細路仔唔識世界。」他臉頰一陣滾燙，不知如何應對，只揚了揚手裝灑脫，手勢像個駕小巴的。

他們落單時叫了碟瑤柱蟹肉炒飯，青菜心，還有幾個精緻但不飽肚的點心。首先端上桌的是粉果。根雖是個粗人，可還是懂得餐桌禮儀，擾攘了一番還是先讓秀和黃姓商人夾取，自己才領取剩餘的一枚。筷子握柄的前端位置鍍了金屬，他握上去倍感吃力。籠裏沒有其他重量，粉果黏着底下薄薄的紙一併而起，秀伸出手來協助撕扯。沒想到粉果的皮那麼薄。經這樣一扯，皮下的粉葛、花生、蝦米和芹菜統統撒落，弄得他好不狼狽，滿手都是食物顆粒，不由得吐舌舔去手背上的食物，免得浪費。秀見狀，用膝蓋有意無意碰撞根的腿，瞪他一眼，教他別失禮人前。

部長把單據擱在桌上，他瞄到底部的價錢，金額足以讓他在良記吃上一個月炒河。那刻他正在喫鯪魚球，差點沒被噎住，舌面忽然傳來針刺似的痹痛，大概是鯪魚球不經意摻雜了未除去的碎骨。根打算投訴，至少應拍拍秀的肩膀，告訴她，可是他沒法確認這會否是昂貴點心的特色之一。謹慎起見還是捧起茶杯，小抿着茶，痛感才稍舒緩。

　　吃過兩顆點心，他再沒有進食的意欲。他開始仰着頭，凝視酒家天花懸着的水晶吊燈。水晶掛墜在射燈下閃耀，燈體被風口吹得微旋，根不由得生起邪念：假使水晶吊燈砸下來，落在黃姓小子身上，紛亂過後，他或許能徹徹底底的擁抱着秀。那麼秀也不至於飛往地球的彼端，他的生命也不會出現慧和明仔，一切都會改寫。

　　但他沒有作出甚麼樣的臆測，只固執地數着水晶吊墜的數量。射燈折射時偶有反光，讓他目眩，便又得重新計算。一個重複的機械的過程。他始終沒有總結出一個準確數字，因為光芒映入了他的眼眸。他開始看得出神，像秀曾那麼專注地鑑賞櫥窗後的工藝品。

　　那是根第一次被精緻的事物觸動。然而，轉變總是來得那麼遲。酒家職工把擋光窗簾掀開，維多利亞港連同粼粼水光頃刻灌進來，酒家頓時顯得燦亮。

　　相比之下，吊燈顯得黯淡，像白天裏閃光的彈彈球，卑微而冗餘。

九

　　不知從何時起，深水埗批發店售賣的玩具越來越奇特。

　　就像那些宣稱能減壓的玩具，呈三塊扇葉的形狀。玩家用指尖承托玩具，旋動，盡力保持平衡不讓玩具跌落。根從紙箱掏出一個來試玩，沒想到不但難以平衡，還因為摔了幾次落地

而受了店主的白眼。他媽的如何減壓，他思忖着。

　　倒是發洩球奏效，那個藏着液體的球，任由玩家搓揉按壓，大力打在桌子上時會變得稀巴爛，但很快便恢復原狀。根買了幾盒，銷情也很好。他真切體會到這城多需要一個宣洩的渠道，於是人們來了廟街，這個慾望匯聚之地。明仔見父親入了新貨，順手取了個番茄造型的球，往桌子一扔，瞬即發成一灘紅色的液體，隨後又變回球狀。明仔反覆把玩發洩球，一摔接一摔，說這玩意很療癒呢！根不明白療癒的意思，只想壓力也算是一種疾病吧。

　　根不需要發洩球，其實也沒甚麼好發洩的。發洩球黏黏的表皮令他想起了粉果，用作示範的每一擲，他都怕擲出水來。

　　可是這種減壓玩具的銷情實在好，根每去一趟福榮街都購上幾盒。每盒有幾個款式，起初都是些雞蛋、番茄、草莓等尋常造型，後來逐漸出現老鼠、骷髏、鬼眼球，甚至性器。良哥搬出箱子，瞥見裏面有陰莖和乳房造型的發洩球，便坐在廂座對面，跟他帶玩味地說：「你幾時轉咗行賣嗰味嘢呀？」

十

　　隨妻兒踏入蘋果旗艦店時，根驚訝店鋪的景深竟那麼廣。店裏空蕩蕩的，只有多張偌大的木桌工整排列着，上面整齊擱着電子產品。除了手機，還有筆記本電腦和平板電腦等，每部儀器都懸着一條電線，型號那麼相似，卻又有微小差異。黑色

制服的職員向他們娓娓道出各型號的優劣，諸如防水功能、水深、廣角鏡等，根嗯嗯哦哦，沒法聽懂半句。他暗忖自己褲袋裏的諾基亞——那屏幕小得八個號碼總有兩個跌落下一行的揭蓋手機，到底還能支撐多久。

　　明仔選了款比較平庸的，試着用，手指在螢幕上掃着。他站在前方，見機體後的蘋果標誌被喫了一口，忙說圖案缺了口，會否是冒牌貨。慧和明仔對視片刻，忍不住放聲笑起來，旁邊職員也不禁掩着嘴走遠了。可是他們的笑聲忽然被一聲巨響覆蓋，世界彷彿在瞬間崩塌下來——商場外尖厲的叫聲連綿，人們紛紛圍攏欄杆向樓下大堂張望。根攜着慧和明仔，從別人肩膀的縫裏窺看，一個身體正伏在大堂，靜止。血汨汨地流，漫成大片的紅。受驚的女子掩着眼，似乎快要哭出淚來。男子義憤填膺，死就死遠啲啦，正一累街坊！

　　根護着慧和明仔的眼，說別看了，別看了。他想起明仔手裏把玩的、番茄造型的發洩球，或許一天會不抵壓力而爆破，濺出一地污水。

綠 箭

　　昨晚在半空逗留不過四小時的航班，彷彿穿越了大半年的光景，把葉青由暑熱的盛夏搬回到那個屬於她的寒冬。

　　朝公園的方向邁進需要逆風而行，葉青把身上的羽絨外套抱得緊緊後，便從臃腫的衣袋裏，掏出她賴以生存的綠箭。或許是名字賦予的力量，葉青素來喜歡青草綠色的東西，每當她脫下綠箭青綠色的紙套時，心底總會掀起一種無以名狀的狂喜。質地粗糙的肉色橡膠很快便會在她閉合的嘴裏廝磨，隨着下顎的起動和唾液的濡染，清新的味道瞬間便會瀰漫整個口腔。她感到滿足，好像經歷了一場神聖的儀式，把他舌頭裏帶來的、濃烈火辣的咖喱味洗滌淨盡。

　　不知是甚麼時候開始，葉青都會像今天一樣，趁着午飯的空餘時間，走到辦公室附近的公園瞎逛一圈。可能是一顆躍出了胸膛的心難以一時三刻安分回到這裏來，旅行回來的葉青，就像她那些用紀念品擺滿辦公桌的同事，總要在美好假期後用自己的辦法挽留一點渺茫的記憶。這時，風把她羽絨外套黏附

的帽子吹得高挺，她聽到草葉急速的擺動，地上幾塊萎縮的枯葉，在地磚敲碰起來的聲音像幾顆凹陷的乒乓球在滾動。她走得有點急，張開嘴縫呼了口氣，風的舌頭進入她的口腔，舐了內壁一周，綠箭開始減弱的薄荷味又冒起來。她連忙合上唇，猶有餘悸地，心頭浮現起一種被侵犯的不安感。

　　昨天這個時候，他們仍躺在新加坡市政大廈的大草坪，享受暑熱下輕風撲面的快意。他的聲音在她耳畔響鬧着，而她卻只專注感受小草撫摸耳垂時輕軟的觸感。縱使人們都説，新加坡與她的城市大同小異，可是葉青沒法掩飾背後這塊綠草坪為她帶來的喜悦。坐在廣闊的草地，她看見不同膚色和種族的人漫步走過，嘴裏吐出她沒法聽懂的馬來語，又或者是那些奇特的，一個雅思考獲8分的人像她也沒法理解的Singlish。無論族裔，那裏的人都長年穿上夏裝，薄薄的防水短褲印上鮮艷熱情的顏色或斑點，褲管裏延伸出來的是　條條黝黑壯實的小腿。

　　綠箭在她嘴裏已經退化成一團沒有意義的軟膠，但她的腮幫子仍舊像青蛙一樣鼓動。葉青多走了兩步，發現公園入口的地上，擱着一塊寫有「零碳天地」的木牌。這是一個坐落九龍灣工業區的綠化地，四面包圍着一座座灰藍色的商廈。她一步一步前行，高跟鞋的鞋跟墜落草地時，往往會傳來明顯下陷的感覺。葉青在想，一個辦公室女郎，中午拖着高跟鞋在草地上走，感覺自己就是圓規上的筆芯，循着正當的軌跡，日復一日打着沉悶的圈。

　　昨午在獅城的餐館裏，他把一個豐盛的托盤放在葉青面前，上方放着一碟正宗的海南雞飯和一碗肉骨茶。葉青先握起筷子，挑起碟邊一條用作裝飾的芫荽，她就像個未曾上過酒家的孩子，用筷子的端頭夾着芫荽的小莖，觀看這條卑微的配菜。芫荽翠綠而纖小，薄薄的一片，在餐館落地玻璃的陽光照射下竟透露了生機。葉青想到小學實驗課上的一枚葉製書籤，那塊隔着膠片微微隆起的葉標本。她對着一根芫荽滿意地笑起來，彷彿重新找到了一段美好的歲月。他叫了幾聲，沒有得到回應，便把一塊去骨的雞肉輕放在她的飯碗，自己勺起一湯匙辣椒油，三扒兩撥便把那碗黃澄澄的油飯掃進嘴裏去。他開始意會到，他們之間所隔着的，並不單是四小時的航程足以連結的距離。

　　胃袋猛然一個收縮，葉青從回湧的胃氣中嗅到了剛剛在太興吃的白切雞飯的味道，她想起昨天中午品嘗的那碟海南雞飯，不過她更留戀那小巧精緻的配菜。

　　由商廈大堂那棵每年年底從雜物房裏搬出來擺放半個月的聖誕樹看來，一個孤獨的節日似乎又再一次在葉青面前上演。整個城市都鬧出聖誕歌，也垂吊雪花和天使，可是對於葉青一個從炎熱的夢中醒來的人來說，除了眼下寥落的草和隔籬那個外形設計得像鮮紅色禮物盒子的大型商場外，她感受不到半點節慶的味道。每次踏入這個紅盒子商場，葉青都有一種壓抑的感覺，彷彿自己真化身成一份禮物，等待運送給一位新的主

人。有時她會坐在上方溜冰場外的觀眾席，觀看透明屏幕後，那些因為場內過於擠擁而沒法暢玩的溜冰者。撞上一個碰面而來的小孩，他們會來個猝不及防的急刹，在地面留下一道長長的痕跡。

葉青抬頭，紅盒子商場的後方就是海的方向，那裏曾是啓德機場，一個屬於悲歡離合的地方。寒冬裏陰鬱朦朧的天色下，葉青好像看見一架飛機，時光機一樣在雲霧間穿插，機尾拖出一條白雲緞帶，把她帶回那個夏天的國度。她感到牙關有點疲累了，嘴裏的軟膠已經咀嚼得不帶絲毫甜膩或薄荷，寡淡得叫葉青的胸口湧起一陣發悶的感覺。

其實，葉青多渴望自己能成為魚尾獅，屹立在海濱橋邊，從嘴巴吐出源源不絕的水柱，供各地旅客觀摩和欣賞。那天傍晚，它純潔雪白的身體披上一件紅霞錦衣，小小的洞口持續吐出亮麗的水柱。高空拋卜，也沒有掀起過多笨拙的水花。葉青喜歡這種與大自然互動的雕塑，她帶着羨慕的目光，站在魚尾獅身下眺望黃昏下金色的海。水從雕塑的嘴裏吐出，吐出一條江河水域，承托起一切，經地下管又回到魚尾獅的身體，自此建立起一個生生不息的循環。這樣的系統讓葉青想起兒時在鄉村裏見過的一頭牛，由於消化系統比人類複雜，牛的嘴巴永遠在咀嚼胃部回湧的食物，情狀有點像現在的自己。

展開拳頭，葉青手心擺着一張綠箭誕生和葬身的紙條，從反着銀光的鋸齒紋上，葉青隱約看見自己一張扭曲的面容。她

咬緊牙關，把乏味的軟膠吐在紙上。包捲過後，她仍能感受到裏面裹着的潮濕溫度。

葉青回到辦公室樓下的大堂，聖誕樹正傳出普世歡騰的 Jingle Bells。她冰凍的手擱在黑色扶手帶上的時候，靜電沿着指尖讓她打了一個徹底的冷顫。他們畢竟是不同的人，扶手電梯上，他靠站的方向是她快步走過的地方，他拔足走過的路徑則是她靠站的方向。直至電梯快要把她運回辦公室樓層的地面，梯級逐漸變得扁平時，葉青從它們之間狹小的縫隙中，看見一道刺眼的綠光，彷彿槽底正躲着一隻神秘的貓，夜裏張開綠寶石一樣的眼睛，穿過縫隙仰望別人的腿。

午飯胃口不好，葉青吃得不多，現在經過口香糖的洗禮，堵住腸胃的食物好像在上下顎的厮磨之中得到了消化。她從茶水間的雪櫃裏托出一個小紙盒，動作輕得彷彿裏面藏着一些易脆的記憶。葉青卻想到了芫荽，雅致的配菜這時仍在那間餐館裏裝飾着別人的午餐。她逐漸想通了事實，自己並不屬於那個國度，那個沒有綠箭的國度。

葉青翻起紙盒的蓋，裏面擱着一件班蘭蛋糕，那是她最後一塊輕軟的草地。

歧途

　　旅遊巴從彌敦道拐進梳士巴利道，陽光頃刻注滿整個車廂，把窗旁一排專注凝望的臉映得亮白。大抵是拐彎的幅度有點過大，躺在第一排座椅的水瓶骨碌滾到地上，瓶子裏淺棕色的液體隨之打了幾番，抖出一層稀薄的泡沫來。他連忙屈身去撿拾，臀部繼續抵住車前的擋板，雙腿扎着穩健的馬。那是母親今早特意煲的羅漢果水，說是能滋潤喉嚨，他本想借趕時間為由，迴避母親的盛情，沒想到她已添了滿滿一瓶，遞到他手上。

　　多虧母親的羅漢果水，他今天講解時，鼻咽深處再嗅不到煙的味道。稍張開口，那陣發自喉頭的回甘便彷彿自很渺遠的地方飄蕩過來。旅遊巴這一拐，叫他急不及待開啓扣在皮帶上的無線麥克風，介紹起車廂左邊白色半球體的太空館，還有右邊呼嘯掠過的半島酒店。想起當導遊的首兩年，他總沒法拿捏車輛行駛的速度作介紹，每每想起時，那些名勝景點早拋到車後——他遙遠的前方，好像前進的並非身下的車輪，而是駐守原地的景物。這次的旅遊巴司機識趣，特意放緩車速配合講

解，好讓團友湊向兩面的窗，支着手機拍個飽。

不知何時開始，他逐漸察覺到，中港兩地遊客對旅遊的理解是截然不同的。香港人外遊時車子大半窗簾都掩上，廂內一片幽幽的，過半頭顱一墜一墜的打盹，彷彿旅遊是為了在異地陷入一場綿長的睡眠。內地團來港的車廂總是亮燦燦的，膳食後上車，團友第一時間便掀起窗簾，恢復視野，然後盯着窗外掠過的一切，由呆板的玻璃幕牆，至工業區供人抽煙的小公園，他們都凝神觀賞，好像只有用眼睛吸納所有異地景物，團費才不至付諸流水。

團友聚攏窗前，爭相為半島酒店拍照然後上載朋友圈，顯得很雀躍，他索性放棄解說。在強烈的情感面前，再多的言語也是冗餘的。他關了麥克風，沒好氣地笑，靜靜觀察起他們來。偶爾，他會從一兩位衣著比較時尚的大媽臉上，看見母親的臉。

那張欣羨的、嚮往他方的臉，瞳孔裏映着川流不息的人潮。

悠曾說過，他們的存在就是讓團友在陌生的環境下尋找熟悉的感覺，使一段浮沉而不可預知的旅途變得踏實。那時他剛撤去領隊一職，感覺導遊和領隊的本質並無太大差別，導遊的職責不過是引領一群來自他方的人，從缺乏新鮮感的日常發掘新奇。他沒想過，悠會對她的職業抱有憧憬。悠是廣州來的領隊，那天趁團友自由活動，他們倚在尖沙咀海旁的扶手柱上，有一搭沒一搭的聊起來。陽光明媚，海風從彼岸的商廈送來，

撲上二人的後腦。她的馬尾吹得一擺一擺的，手中的領隊旗猛然拂動起來。

　　像其他許多合作過的領隊，悠僅在他的生命裏存活了三天，像旅程中拋諸腦後的風景，過一段時間誰也記不起來。可是，悠卻像他胸前那個褪色的襟章，扣得牢固。

　　尖沙咀海旁是個複雜的地方，電油混合海水，漫着一股讓人載浮載沉的氣息。陰影處除了幾部擱在地上、反覆播放反對法輪功號召的揚聲機，還有好些徘徊閘口，佯裝等朋友，實質販賣澳門賭船票的中年女人。團友都擠在陽光處，在鐘樓前形成一條不工整的隊列。好幾個男的輪流蹲踞，握着手機貼着地板，大概光太猛烈，加上仰望的角度背光，隨意點了幾下指頭連環快拍便作罷。

　　他有點厭倦，覺得眼前的風景無甚可看，也滑起手機來，點進微信看朋友圈。暗藍色的月球圖案跳出數秒便撤去，顯示沒有任何未讀的信息。他在港多年，建立的人際脈絡卻很稀疏。他忽然想起那天和悠在這裏眺望對岸的商業大樓，當她的眼睛觸及那座孤獨的中銀大廈時，呢喃了一句，小岑，我來這裏不下十次了，你是否有同感，維多利亞港好像越來越窄了。他順眼看去，一艘天星小輪正慢悠悠地盪過來，船底沒有排出過多的泡沫，航行的路線沒有遺留任何痕跡。

　　他並不知道，維多利亞港是否日漸狹窄，他不敢輕易論斷悠的話。她是這裏的過客，遠比他這個身陷其中的人看得更

清楚。他只察覺到，他越來越沉溺，沉溺於虛妄的想像，例如悠。他的朋友圈幾乎都被她一人佔據。時而見駱駝色的沙地上，映着悠被拉得修長的黑影。時而見她站在吊橋上，俯看身下巍峨的峽谷。他渴望給予回應，至少也給個讚，可又怕對方誤會心形點讚圖案的意思，便打消了念頭。她永遠隨國民遠赴他鄉遊歷，而他始終停滯原地，沒法進步。

其實他不曾像母親一樣，把香港視為自己的根。在內地，至少他擁有一個父親。

從多年前的那天，當他挽着母親劇烈顫動的手時，他已經意會到，在一橋之隔的彼岸，生活不會過得更好。他依稀記得，當日羅湖商業城陷入一片昏暗的情狀，好像一片黑壓壓的烏雲慢慢移近，快要崩出暴雨，灑落邊境中間，成河，再阻隔兩地。旅客從他身旁呼嘯走過，手裏大包小包的食物和藥品，手裏的膠袋幾乎都是紅色的，一種叫人窒息的紅，朝只有十歲的他步步進逼。父親的背因長久勞動而有點弓，泥土的膚色和諧地融進昏沉的環境，他仰視，只見父親尖小的頭顱抵着一盞燈。他想，這燈大概是羅湖城最耀眼的一盞了，以致多年後他想到父親，腦海閃出的總是一個背光的頭顱，五官和神態蒙黑。父親執意不來港，他畏懼不能預視的一切，如香港和死亡。父親和母親於是隔着邊境爭持幾年，像一根無形但巨大的麻繩繫着羅湖橋的兩頭，進行一場持久的拔河賽。他早在那天隨母親來港，租住了新界一間小房子，奠定基石，很快父母也

正式離婚。他糾正了口音，說「我」字時戒了嘟起唇然後拓出 w
聲母的習慣，漂亮地融進了這個地方。但他總覺得自己仍生活
在那根繃緊的麻繩上，強烈的張力使繩索發毛。他並不屬於任
何地方，只能繼續扎着馬步，在顛簸中極力保持平衡，做一個
出色的雜耍員。

有時握着麥克風，他向遊客娓娓道來自己城市的歷史時，
會倏忽對一切感到陌生。陌生的地方，陌生的團友。彷彿那些
背得爛熟的故事，只是一些異想天開的傳說，跟自身沾不上半
點邊兒。有時他會將這種陌生感追溯到那天，那個突然遷移的
日子，他好像還沒來得及撿拾散落一地的玩具，便被母親牽着
手腕，拖出邊境，邁向光燦燦的未來。

他意識到自己遺留了一些重要的東西在羅湖城。那個好像
永遠昏沉詭秘、蘊藏着很多顆似箭歸心的地方。

於是他後來特意去了一趟，不為甚麼，出於純粹的渴望。
一次旅程完畢後，他目送最後幾個團友下車，就在直通巴站抽
起煙來，燃燒一點時間。他煙癮不大，當初聽同事說可以減
壓忘愁，便學着抽。直通巴司機如廁後重返駕座，車身緩緩倒
退，又載走幾天的記憶，他的煙才燒到一半。瞄瞄腕錶，想團
友應該已遠去，方掏出回鄉證走向關口，過了境。

這才發現，羅湖城遠比童年的記憶來得明亮，販賣電子
器材的小店外，燈泡繞出不同顏色的字樣作招徠。販賣鹵水食
品的小店，真空包裝的雞腎、鴨舌在燈泡下堆疊，像個小型菜

市場。除了有點侷促，胸口有點悶，世界並不曾因他而變得昏暗。他忽然想抽一根煙，距離上一根的時間未曾如此接近，癮頭前所未有的強烈。

他踏出羅湖城，在廣場的空地上抽。他認為這裏沒甚麼不好的，需要時便掏出火機，名正言順地抽，用不着像香港那樣，得先找個公園，再苦找那片被黃色標貼框起的地磚，跟幾個老伯擠在小小的區域裏，齷齪地抽。他特意將煙絲拖得很長，像在隱喻心靈的解放。嘴縫溢出的煙霧，很快便融入旁邊大巴站的廢氣。那裏熱氣蒸騰，他的視野被搗散了，搗成流水似的液態，他勉強聚焦，便見遠方火車站旁的一列店鋪燈光輝煌。由年輕黎耀祥啖食着火鍋宣傳的玉桂園、朱咪咪作為代言人的愛康健齒科總店，熟悉的名字落在眼前的店鋪，教他覺得那麼接近，又那麼疏遠。

路邊永遠停泊着幾輛摩托，排氣管不住吐着黑煙，幾個聚着閒聊的男人不經意朝他看來，他迅速別過臉去，怕他們會錯意，前來兜搭生意。他面向口岸茶餐廳的方向，臉歪得直直的，胸骨下心臟撲通撲通的躍動。想來奇怪，當導遊多年，他仍會迴避他人的目光，並因別人的注視而感到慌張。初時手握麥克風站在車頭，青澀的他會因座上只看風景而沒有抬眼看他的團友感到怨懟，心裏酸溜溜的。時至今天，偶有團友從後排座椅引頸注視自己時，倒讓他感到窘逼，腦海倏忽一片空白。名勝歷史只說到一半，結結巴巴的再說不下去。遇上這種困

境，他不敢輕舉妄動，要是年份或人名出錯，車上隱藏的高人隨時會揚言反駁——或許是一個其貌不揚但學識淵博的大叔，或是個社會關注意識強烈的大媽，屆時爭論只會自討沒趣。他搬出陳套的笑話，那種內地春晚節目裏善用普通話諧音營造出來的小趣味，逗得團友歡樂，車廂裏的哄堂大笑便把一切蒙混過去。他跌坐回第一排座椅，揩額上的汗，心底有點沾沾自喜的，自以為彰顯了港人最自傲的「執生」技能。

他也迴避母親的目光。

雖跟父親分別多年，她沒有少呢喃半天。小時候他還會説些好話哄她，可後來益發覺得，這一切是她咎由自取的。來港初期，每天課後他就賴在窗邊，遙望一輛復一輛東鐵列車向北行駛。母親鋪好一桌飯菜，不過兩碗飯、一碟茄汁焗豆或豆豉鯪魚炒菜。她未碰過飯碗，只緊緊注視着他，裏面散發半憐惜半寬慰的光芒，好像她犯了一個無法彌補的過錯，需要作恆久的補償。他在這樣的注視下成長，直至開始迴避她的眼眸，和她烹調的種種善意。他將一根菜夾進嘴，視線斜落在碟裏浮泛的、過於油膩的光，再喫一口鯪魚，碎骨經醃製而軟化，飯後匆匆將自己困鎖門後，躺臥一宿。清晨起來，往未曾住過的酒店與團友會合，開啓新一天旅程。

旅遊巴在路上顛簸時，他會想起悠，並構想她身處的他不曾踏足的地方。他發覺自己越來越像母親，沉溺在對他方的想像，不曾面對現實，一直如此。

　　從海旁眺望，只見金紫荊廣場和灣仔會展，中環碼頭的摩天輪緩緩地轉，緩緩地轉，彷彿這城的生活會因此放慢它的步伐。海越來越窄，但總比他的家大多了。他率領團友，在擠擁的尖沙咀大街上行走，掠過名店大門時，嚴寒的冷風會送上他汗濕的皮膚。香港就是那麼徹骨的冷。化妝用品店外鑲嵌了一面面黯淡的黑鏡子，他從中看不到自己的臉，只能仰賴手中飄揚的旗子為自己定位。走了兩步又得停下，回看團友是否跟上。香港的街道終究與內地不同，購物點之間相距不遠，加上交通容易堵塞，徒步行走倒是最省時的辦法。

　　紅磡玉石店是例行景點，幾個女店員已跟他混得頗熟。說熟也不然，她們只是團友進入展銷廳後，他在店面打發時間的對象而已。每次她們都禮貌周周，陳生前陳生後的跟他寒暄着，全然不知他姓岑而不是陳。從她們沒法分清平舌音和翹舌音的分別，他便知道這些做內地客生意的招待員普通話其實真夠爛的，但他沒有糾正她們的錯誤，任由自己淪得一個平庸的姓氏。店面玻璃櫃放着稜角分明的晶石，射燈下閃着淡黃的光，他用手肘支着玻璃，跟她們有一搭沒一搭的扯談起來。內容始終圍繞銷情，天氣，是否已經用膳，一些關乎生存的原始話題，僅此而已。直至展銷廳大門再度打開，團友紛紛撤出，一個闊綽的太太買了玉鐲子，迫不及待套在手腕上炫耀，價錢牌子還未剪掉，懸在手腕處一晃一晃的。幾個團友爭相圍攏觀賞，不忘對她的眼光稱讚一番。據他的觀察，這樣一個買鐲子

的人多是一個沒有親眷陪同出遊的婦人，彷彿手中飾物是她僅能依仗的一根稻草，用以填塞旅途的虛空。上車時他如常殿後，團友相繼邁上梯級，入座了，他才準備上車，這時肩頭被輕輕一搭。他回看，正是買了鐲子的婦人。小岑，替我在店前拍個照，我要發朋友圈。她疾步回到店門前，微舉着手，手臂懸在半空，確保玉鐲能充分地展示，弄得姿態有點彆扭。

　　他能看出，她正向他宣示主權。拍照後回到座位，婦人還因手機當機而擾攘了一番，連連跟他請教處理辦法。小岑你替我看看嘛。沒錯，他是小岑，不是店員口中的陳生，也不是洋名 Tommy。他是個解決問題的存在。她把手機遞上，屏幕凝固在微信的開啓頁面，那幅明亮的月球圖，久久未彈出對話列。他其實急於講解，香港終究與內地不一樣，景點之間的距離短，車程時間不充裕，往往爭分奪秒。可她腕上的鐲子帶着渾圓的光澤，教他不敢耽誤，唯有關掉麥克風提供協助。

　　團友在購物點消費，潛規則是導遊虧欠他們一個人情。可他們並不知道，在佣金日益微薄的今天，加上「導遊阿珍」這類刻薄導遊的事件曾鬧得沸騰，這套老規矩已然落伍。對於只求底薪的他而言，團友購買多寡沒有為他帶來多大得益，反倒換來更多後續的工作——她的座位通風系統欠佳，要求與別的團友調換座位；她的膳食要求會在餘下的旅程變得嚴謹，或許顧及她吃素，需要着餐館多為她煮一碟青菜。一天他在玉石店遇見一名同事，他們不認識對方，僅以胸口上的團章辨識彼此，

那是一種職業帶來的孤獨感。趁團友擠在展銷廳，便出外透透氣，站在馬路旁抽煙。說起購物，同事捏滅手中煙蒂，跟他分享一則見聞：某團友疏忽把旅途中購買的珠寶遺留在酒店，竟提出全團搜身的無理要求。那時他剛當上導遊，聽後差點沒被口中的煙嗆住。

如今想來，他後悔當上了導遊，一個孤獨的職業，每天活在因循的舊途上，守候一個破敗的循環。他想，要是他繼續當領隊，便能像悠一樣遠赴他方。

他放棄領隊一職，皆因母親倉皇的眼神。

那個夏夜熱得熬人，他從旅行社下班回家，背脊和腋窩早已悶出了汗，渾身黏糊糊的。踏入家門便見母親凝看着電視，臉湊得很近，光把煞白的臉染得更白，眼裏浮現一股步步進逼的惶恐。家中尚未開空調，狹窄的單位醞釀着一種隨時崩塌的情緒。電視螢幕直播一條遼闊的公路，夜色下，一輛旅遊巴橫攔在幾條行車線上，像擱淺海灘的鯨魚，等待救護員營救。旅遊巴所有的窗簾都帶上，擋去所有媒體叩問的目光。偶爾有窗簾稍稍掀起，探出半張臉來，仍未待鏡頭拉近，簾子又復垂下來。

他在母親旁邊坐下。母親把手搭在他手背上，握得用力。他沒想到，母親的手在這樣一個夏夜中竟涼得怕人，還頻繁的顫動着。火光倏忽劃破沉寂的畫面，很亮，很亮。他誤以為是閃電，不過很快便知道那是槍火。車門位置隱約看見黯淡的

紅，那領隊大概就倒臥在幾級幅度很大的梯階前，垂死呼吸。母親的情緒隨之潰散，她的頭撞上他的胸脯，不柔順的長髮搔得他的鼻子又酸又癢，他耐住情緒，感到母親的手一直在抖，快要把他的手捏得扭曲。像許多年前，她用這樣的蠻力把他從羅湖城拔出來。良久，他說，我不當領隊好了。

他再次選擇了妥協，如多年前，為着母親的城市夢，他放棄了鄉間的童年，放棄了每天灌兩口甜膩的王老吉，看父親吐出煙絲盤繞上空的孩提夢。母親抬起通紅的眼，問他，那你有何打算？他忽然有點感傷，彷彿從今以後，他終歸要深植在這個城市，要活得了無牽掛。

他知道父親認識了一個馬拉妹。

他其實對此一無所知。母親不曾把來龍去脈告訴他，只是偶爾的透露，再由他自行把線索組織，用想像力填補漏洞，便算得個梗概。你爸早想跟我離，以前說去南洋做工程，誰知他去偷歡呢？只是沒想到我會敗給個「死賓妹」，想來就噁心！他咬着筷子，沒有多言，想像馬拉妹的面容，令母親的膚色看起來倍添蒼白。說着說着，她又泛起淚光，讓他更堅信一切都是她咎由自取的。距離是一切關係的毒藥。於是他想起悠，便掏出手機，進入朋友圈，默默當個送上點讚的追捧者，繼續沉溺下去。

他的朋友圈其實無甚可看，通訊錄都是一些泛泛之交，或尚待刪去的舊團友。他沒有為他們鍵入名字，一行行冗長的

內地電話號碼構成枯燥的頁面。那些詢問旅遊巴車牌或集合時間的訊息，他回覆過後，習慣把它即時刪去。他喜歡簡約的頁面，稀罕的人際關係能為他省下煩惱，儘管每個旅程結尾，旅遊巴全速駛往羅湖口岸時，他會循例開啓無線麥克風，唱〈友誼之光〉。說有萬里山，隔阻兩地遙，不須見面，心中也知曉，友誼是改不了。雙腿站得痠軟，他便會屈膝，把其中一條腿擱在第一排座椅，半跪半站着唱。他不渴慕友誼，更不擅長拿捏人際距離。一切隨心、隨緣就好，反正他們只是過客，不在此地稍作逗留。

人們都說香港人情冷漠，人際關係疏離。他覺得自己終究在這個小城扎下了根。

司機蹲下身探取行李，團友領取行囊後紛紛散去，彷彿他們不曾認識。他把拳頭裏的小費袋好，掏出煙來抽。這是他最孤獨的時光了，盯着煙絲散逸，內心泛起前所未有的安寧。煙抽多了喉嚨感到乾涸，他拿起水瓶，才覺裏面只有小口稀釋了的羅漢果水，在瓶子裏放久了，倒進嘴冰涼冰涼的。他點亮手機屏幕，界面提示有未讀訊息。他有點不祥之感，怕團友遺留了甚麼在港，要他協助運輸，這樣的後續功夫費時得很。

那是父親。

甫踏入餐廳，他便看準一個廂座，不會太靜的位置，面向大門，直通車站的熱風和電油味會灌進來。這是一個尋常下午，口岸茶餐廳似乎再不是送別的隱喻，裏面燈光通明，食客

出奇稀少，氣氛沒有預期喧鬧。服務員大概看出他是香港人，用粵語詢問他要點甚麼。恍惚間他已分不清這到底是香港還是深圳，餐廳的格局模仿港式茶餐廳，飲料也是用杯沿肥厚的瓷杯盛着。他想起當領隊的歲月，帶領團友回內地參加長隆短途團，很多經歷叫他感到親切，就像用膳的酒家安放好預先包裝的瓷器餐具在轉盤上，團友用指尖把封套戳破時發出此起彼落的爆破聲，再用蠻力撕扯，捏成一團，隨意丟到洗碗的兜子裏。封套在茶水表面浮蕩，綻放如一朵含苞已久的花。

那是旅遊業興旺的歲月。甚麼時候起，公司為短途線減省了領隊，他需要前往邊境接送團友，到酒店時首當其衝下車往櫃枱check-in，好像這不是他居住的城市。然後旅遊巴開始變得狹窄，餘裕的空間變少，像他的家。車上再沒有提供免費的樽裝蒸餾水，團友胸前的旅行社團章也退化成一張黏力薄弱的劣質貼紙，不消等到翌日便遺留在景點供人踐踏。

最近還好吧？

他能聽出，父親的話裏頭假設了他和母親在港的生活過得很優裕。父親尖小的頭顱輕揚着，下巴像是把鈍了的刃。他的聲音有點沙啞，話說得輕描淡寫的，彷彿這十多年不過是個漫長的旅程。他含混地應着，竭力迴避父親的目光。服務員遞上兩杯熱水，氤氳把鏡片染得有點朦朧，他不作聲，凝視一對杯子在潮濕的玻璃桌面上悄悄滑行，像兩個躑躅不前的迷途者，渴望親近卻又疏離。父親努力尋找話題，向他投以關懷，怕是

母親那半憐惜半寬慰的眼神。他以極簡略的單詞敷衍過去，對話又復凝結在沉默之中，讓門外的熱風和嘈雜填塞。飲料遞來，他掀開鐵罐子的蓋，才發現白糖凝固在鐵匙弧形的面，結了大片挪不開的硬塊。他勉強兜起一點糖，撒進自己的瓷杯裏，開始進入無意識攪動的動作。父親也戳着檸檬，黝黑的手因經年工程的暴曬而微微泛紅。多年來他一直想像，要是父親當初不執戀大陸，隨他和母親來港，抑或母親放棄對璀璨燈光的迷戀，安分在這裏，生命將有何等的變化？父親仍會喜歡馬拉妹嗎？據聞那女子只會說非常粗略的國語，他不禁想到兩個國籍不同、語言不通的人，以甚麼方式溝通？纏繞他良久的畫面閃現——父親尖小的頭顱陷入年輕馬拉妹豐腴的乳溝，二人扭抱作一團，同樣黝黑的膚色混成一種和諧色調，瞬間融進了故居的泥土。

那段倚在窗邊，眺望列車北上的歲月。不消一次，他曾想像自己掙脫母親頑強的手，從窗台躍下去，墜落高速移動的車蓋上，讓風和山巒從身旁擦過，獨自過境尋找父親。而如今，父親一臉平靜坐在他眼前，他倒擠不出一句話來，反倒有些記掛起母親。他忽然感覺到，心裏那根麻繩再次把他和父母捆綁在一起，總以為他們三人活在截然不同的世界，其實他們多麼的相似，多麼不安於原地，總是把他方飄渺的建設看成現實。他輕咬着唇，思忖待會兒在羅湖城要買點甚麼好吃的，給母親添菜，並在夜幕來臨前趕回家去。

　　父親站了起來，邁步離開廂座。他的步伐有點溫吞，在茶餐廳濕滑的地板上行走，像一頭謹慎的企鵝，吃力晃往洗手間。父親的身影在角落裏隱沒，他才使勁站起來，拿過桌上的賬單。賬單被水沾濕了大半，濡軟的攤在掌中。他結賬，踏出餐廳，往平台方向邁步，掏出煙盒，叼上一根，狠狠抽起來，情緒才稍為舒緩。現在他只想盡快把煙抽乾，然後丟到腳下，踐踏。他覺得沒有事情比抽煙帶來的快感來得更直接了。手機開始在口袋裏不住顫動，他知道那是來自父親的訊息和來電，有關他的不辭而別。他沒有搭理，只管抽煙，狠狠的抽，地上的煙蒂一根比一根長，煙絲重重覆蓋他的視野。朦朧中，只見一棟棟建築拔地而起，它們都擁有類似酒店和寫字樓的外殼，他倏忽辨別不了這到底是深圳還是尖沙咀。

　　口袋裏的震動平息，最後一根煙也終究落到地上。他掏出手機，登入微信，大抵是消化不了剛才突如其來的龐大訊息量，手機遲遲未能進入頁面，月球的畫面凝固屏幕上。他眨眨眼，定睛一看，忽然看清那個球體是藍色的。一直誤作月球的星體，原來是被雲霧繚繞的地球。

　　自始至終，那個孤獨的人兒都站在月球的表面等待、嚮往，眺望遠方的地球。星體微弱的光芒，在他身後拖出頎長的影子。

殘 紅

妳從閣樓下來，推開長掩的大門，便能仰望到對街那棵高聳的火焰木。它頂着一叢叢的紅冠，似是要跟那新建成的豪宅攀比高度。妳發覺不論時節，門前的路總是鋪滿掉落的花冠，或多或少摻雜在紛繁移動的腿間，橘紅而艷麗。

妳想起阿母從麻將桌前拐過頭，瞪着妳直吼：「爛花！」

* * *

煞白的光照在阿雄哥的手臂，臂上汗濕反照起一層黏膩的油光。阿雄哥緊閉眼簾，貌似鋼琴家在黑白琴鍵前試音，靜聽旋律細微的變化，那看上去笨拙的指頭在牌子下方曖昧一探，畫一個弧。眼睛還未睜開，他卻把整副牌全攤開來。

「自摸大三元，位位十番！」

他咧開厚厚的嘴唇，攤開手掌向其餘三人討籌碼。妳看見他們不情不願地敞開小抽屜，把一枚紅色的籌碼扔到他面前，像購物後懶得把找續回來的零錢放入錢包，索性施捨予道旁一

個乞丐，換來一聲銅器的碰響。只有妳阿母，從阿雄哥對面站起來，含笑把籌碼輕放他的手上，彷彿對這宗交易甚為滿意。

阿母總是樂意給阿雄哥賠錢。

甚至明知他做索子，也刻意讓出一隻八索給他食糊，然後從抽屜掏出僅有的籌碼，輕放他手上，像一場排練好的戲碼。阿母鮮紅的指甲隔着一張方桌延伸彼岸。阿雄哥握着籌碼同時也伺機把阿母的五指捏在拳頭裏，可她的指又永遠能夠以柔軟的姿態溜出，如髮絲自粗疏的指縫間流走。

外祖父是雀館原來的東主，後來回鄉安享餘年，膝下無兒，只好交由妳阿母繼承生意。於是隨着成長，妳很快便由一位沉默的旁觀者演變成親身上陣的戰士，在四方城裏陪陪客，充充數，練就出不凡的牌技。妳阿母常誇妳手氣好，天生的自摸手，笑說妳不用讀書全職打牌謀生就好，反正女兒不值錢，不賭錢謀生也是留待日後嫁一戶好人家，富了才女倒會嚇怕很多男人。

然而妳不喜歡在喧鬧的四方桌之間徘徊，只愛像貓一樣躲在閣樓，開一盞昏黃的燈，攤開課本背誦生詞。妳比同學更努力學習，於是懂得更多英文字，例如小學時便學會Gambling。由於從事賭博業，這個生詞可謂非常實用。妳把這個單詞教妳阿母，她便鸚鵡學舌，自此到處跟客人炫耀自己是營運「甘寶玲」的。這是除了「頂橋」外，她唯一一個能勉強發音的英文詞語。

可是妳心裏不但不喜歡，甚至對「甘寶玲」恨之入骨，因為它讓妳失去了父親。

偶爾妳在閣樓完成課業，聽見阿母在樓梯的盡處大嚷「阿花落嚟幫手湊腳，三缺一呀！」妳便不情願地下去充數。洗牌的時候，妳盡量把手臂轉動的幅度減小，上一鋪的麻將打着轉還是在妳附近。彷彿其餘三家的手都帶麻疹，會藉着麻將傳播病菌。牌子以俯伏的姿態任妳推磨，奏出一首吵人的碰響，遮蓋雀館外那經年不休的打樁聲。

搓着搓着，妳幾乎能從麻將牌青翠的背，觸摸到上方那些陌生人遺下的指紋，輪廓一團一團盤旋而上，浮凸起來，自麻將光滑的表面蔓生。妳想像這些複雜的紋理，終有一天會透過磨擦，把妳淺淺的指紋洗刷、沖淡，並徹底覆蓋原先的指紋，如傷口的血痂硬塊剝落，長出一塊新的皮肉。

*　　*　　*

妳盯着阿雄哥身前攤開的一列牌，看見他剛才摸到的一隻是白板。海藍色的方框端正，像一個古董相框裹住一張丟失的照片。白板中央的方格微微滲着黃，彷彿照片丟失後，會看見殘舊底紙上冒起的霉斑。妳一瞥阿雄哥身上那件滿是褐黃色汗漬的背心，正在冷氣風口下微微晃動，便捺不住打了一個寒噤。

即使妳的牌技成熟，可是觸覺並不敏銳，尤其是指頭的感知能力低。

例如阿母晚飯前常挑說飯桌黏黏的，再把菜端回廚房，扭出滴水的濕布來抹桌，而妳根本沒有觸到黏黏的感覺。妳把手指遲緩的觸覺追溯於自己淺得幾乎缺席的指紋。因此妳沒法像阿雄哥那樣，以指尖先於眼睛窺探牌上篆刻的符號與文字。

白板是個例外。那不過是一個平坦光滑的表面，和一個簡潔的外框。

妳對外祖父的印象，是他曾對妳說過，要判斷一副麻將是新是舊，看白板留白的位置就可以了。當那白皚皚的方格泛着微黃，像落陽把黃光染上雪地，這副麻將便是時候清潔，甚至被取代。妳感到暖黃的溫度漸漸漫上心田。向來寡言的外祖父，初次把他瘦弱的手輕擱在妳的肩頭上，瘦削得近乎外露的指骨被暗藍色的神經線牢牢捆住，像他多年的執念，化成硬塊凝結在顫抖的手背。那時妳還小，不怎明白他話裏的意思，卻安於承受這種罕有的來自父輩的庇護。妳點頭微笑，仰望着他。

晚霞裏，外祖父頭蓋上那撮稀疏的白髮，竟透出虛弱的黃光。

如今想來，妳後悔那時沒有把外祖父虛弱的手輕輕托起，掬在掌中，細看他的指紋。妳想像他的指紋曾經深刻，那麼涇渭分明，如樹幹的橫切面上一圈又一圈迴旋的年輪。打麻將的時候，妳偶爾會摸到一筒，遲鈍的觸覺稀釋了筒子鑴刻的深度，讓妳觸上去就如觸碰到別人的手。妳幻想那是外祖父深刻的指紋。

「快啲打牌啦，站長！」

妳的下家是一個衣著富態的婦人，操着嘹亮的嗓子向妳叫，不耐煩的指甲敲着桌面，混雜門外地盤不絕於耳的打樁聲。豆大的鑽石戒指調準了角度，折射天花灑落的白光，向妳綻放刺眼的光芒。

幸而阿母還算是個愛整潔的人。每周一的早上開業前，她都會為雀館裏的麻將進行大規模清潔。她塗上鮮紅色甲油的十指握着清潔噴劑，向每張方桌上整齊排列的麻將牌噴灑，雀館頓時瀰漫在一片清新的檸檬香之中。妳深深吸一口氣，感到閒適與安詳。妳知道那些妳不輕易感受到的汗漬黏膩，那些斑駁複雜、立體浮凸的指紋將會經過這場儀式得到淨化，像一個信徒的頭顱冒出新生的水面，焦慮和隱憂也一同掃去。妳和阿母各自手執一塊乾布，擦拭牌子和桌面，像兩個勤奮耕作的婦人。阿母除了抹拭，更會用修長的指甲，仔細挑去牌子的縫隙裏偶然掉落的塵垢。阿母專注時的樣子還保留幾分年輕時的嫵媚，嘴角微微翹起的弧，讓她的動作幾近溫柔的愛撫。

筒子是圓形的，萬子的刻度並不深，因此索子和番子是阿母用心清潔的對象。妳不知道這跟阿雄哥打牌時喜歡收集索子有沒有關係。妳看見她血紅色的指甲捏進了一隻紅中的坑，便幻想那些艷紅奪目的「中」，其實是經由妳阿母手指的甲油淌出而染成的。妳又用心揉着白板，擦去阿雄哥遺留上方的汗濕，直至方框裏沒有污漬，沒有塵垢和指紋，即使微微泛了黃妳還

是心滿意足，彷彿已履行了外祖父的遺願。

＊　　＊　　＊

那時妳阿母從醫院和生命的邊陲回來，手腕仍深深刻着一道絕望的疤。疤是鮮紅色的，陷進她白皙的皮肉，明晰得好像隨意輕輕觸碰阿母，便會再次令她的傷口裂開淌血。半年以來，妳對父親的一切隻字不提，對父親的記憶也只能像不能曝光的菲林膠卷一樣，堆放在閣樓抽屜裏一個昏暗的角落。妳不會忘記父親教妳打麻將的情景。他捏着一隻發財放到妳面前，說賭博前摸摸它，手氣便會好起來，很靈驗。而妳不明白為何父親還會賭債纏身，弄得阿母愁雲慘淡。

父親離去後的日子，妳經常被閣樓下方的洗牌聲敲碎唸書的心情。妳的腦海會浮起父親嶙峋的面部輪廓，以及他落泊的模樣。妳想像他蜷縮在一條賭場的冷巷，寒夜裏維持屈膝的姿勢，顫抖一宿，背上那個刺青的「發」字在捲曲的脊骨上顯得破碎而扭曲。然後妳又轉念，想像父親在一場賭局中翻了本，正在澳門華麗的賭桌旁，見證鋼珠在急速旋轉的輪盤中降落他的幸運數字，或許是8、18，還是28。

可憐妳阿母，白天仍得在雀館盤旋，帶着笑臉來回四方桌招待客人。晚上她在床邊喃喃自語，說甚麼好賭的人如妳個死鬼老竇會不得好死。妳不知道父親是否尚在人世，只見阿母的雙目復見通紅，紅筋攀附她的眼球。妳憶起外祖父手背上暴露

的神經線。

床頭燈柔黃的光照下，阿母腕上的疤痕顯得更猙獰，彷彿一隻眼隨時會從傷口的裂縫中漸漸睜開，瞪出一顆比阿母刻下更通紅的眼球。

阿雄哥是在父親離去半年後出現的。

那天阿雄哥推開雀館的門，懸在門邊的鈴鐺因過大的力度而鬧出比日常更尖銳更連綿的鈴響。叮叮叮叮叮。阿雄哥只穿一件背心，掛在他碩大的身軀上顯得有點單薄，領口還破了個小洞。背心因汗濕而黏緊他背部的皮肉，沿着脊骨滲出一條溪流，腰肢位置依稀可見一片微黃的汗漬。雀館畢竟是三教九流匯聚之地，沒有衣衫不整恕不招待的規例。那時另外兩位客人正好進來，碰巧三缺一，妳阿母便識趣上前充數，陪打了幾圈。東圈時只有麻將的碰響，南圈開始揚起一些家常閒話，西圈時妳聽見阿母收藏許久的笑聲在樓面迴盪起來。這是自父親從妳們生命裏消失後，妳第一次聽到阿母的笑聲，這麼響亮，這麼淋漓。妳站在閣樓俯看，只見阿母從麻將桌的小木抽屜裏掏出幾個籌碼，俯身遞給對家的阿雄哥手上。阿雄哥嘻嘻笑得像個得到糖果樂透的小孩，隔着狼藉的麻將牌伺機捉緊妳阿母的手不放，而阿母竟也嫵媚地把手縮回，絲毫沒有半點不安與窘態。

北圈過後，另外兩位客人都離去了，只剩得他們二人站在閣樓樓梯底下。那個角落幽暗無光，形狀呈尷尬的梯形，個子

略高的他們站在那兒顯得十分冗贅。身材不算高挑的阿母半蹲着膝蓋，避免碰到頭。阿雄哥始終扯着一臉肥膩的熱情。妳阿母隨意抓起筆桿，在一張外賣餐紙空白的背面寫了一串號碼給阿雄哥，便打發他回去。

猶記得那夜妳們的晚餐特別豐富，有妳最愛吃的酸甜排骨。妳試探阿母，把阿雄哥的名字勉強加插妳們的對話之中，只見阿母輕咬着筷子端，淺淺含笑，揚起的嘴角還染上亮橙色的汁液。乍看之下，酸甜的汁液儼如一朵火焰木的花冠，點綴她的笑容。

往後妳經常從雀館亮白的燈光下看見那個掛着背心的身影來訪。阿母再沒有提及難過的往事，關於妳父親和外祖父的離去。開業前除了基本的預備功夫，她還悄悄在閣樓挑選鐲子。鮮紅的指甲在一隻翠綠的翡翠鐲子和一隻暗紅色的瑪瑙鐲子之間猶豫。最後她選了前者，一隻不太鬆也不太緊的翡翠鐲子，戴上手恰好遮蓋了腕上那條漸變得啞紅的疤痕。她又從洗手間一個不常開的儲物櫃裏找出一瓶護膚霜，塗抹乾燥的手，沿着最纖幼的尾指反覆搓揉。

大概因長年托起麻將牌的關係，阿母尾指的第二節指骨內側許多年前便長了一層厚厚的繭。

＊　＊　＊

小時候父親終日不在家，阿母輸了麻將便會藉機找些瑣碎

的理由向妳發狂。一天阿母當着客人的面前，從樓梯底那個梯形的小角裏抽出藤條，直往妳的大腿鞭起來。妳嘩嘩大哭，手裏緊緊握着的拳頭一鬆，響起近乎玉石碎裂的聲音，墜落地上的麻將才翻起鳥的圖案。客人不忍看見妳被母親在大庭廣眾下公審，都紛紛走出來把阿母哄到麻將桌前，「打兩圈開心吓就唔好再勞氣啦，細路仔要時間慢慢教！」

「細路仔？」阿母的瞳孔擴張，「係仔嘅話一早就劏咗雞還神。」

妳不過出於好奇心，從麻將牌裏抽去了一隻一索回閣樓把玩。那天早上妳趁着阿母在清潔麻將，便在檸檬的芳香下悄悄拿走了一隻牌。妳回到閣樓，把它珍重地握在手裏。上面刻了一隻不知名小鳥，拖着尖細的尾巴和尖銳的鳥喙，雕刻精緻而不失簡潔，一隻鳥在幾根彎曲線條的勾勒下便栩栩如生。紅藍綠三色讓它更顯姿彩。

妳認為那是整副麻將牌中最有意思的一隻。

妳不知道，絢麗的花朵終究不比綠草教人珍視，至少阿母和外祖父的觀念如是。妳也不知道，自己出生的時候，父母的財務狀況陷入了前所未見的危機。父親在外的生意虧了本，還得四處浪跡天涯避債，後來更染上賭癮，終日流連賭場不回家。妳不知道阿母多渴望能為父親誕下一個兒子，好讓他肩負傳宗接代的責任，也好找一個理由讓丈夫早點回家。妳顫抖雙腿，站在風口的位置，感到絲絲冷風朝妳的側面吹來，而妳

站在原地不敢動，盯視阿母打麻將的背項。她身穿紅綢子的背影，活似一朵斑斕的紅花，腿維持微屈的坐姿，即使擺放桌下，仍能看出它正微微顫動着。冷風似乎同樣落在阿母的身上。

「又爛花！真係唔生好過生！」

阿母把一隻剛摸到的麻將撥到自己左下方的桌角，再從牌龍的末端補抽一隻牌。妳清楚看到阿母摸到妳心愛的那隻鳥。還沒等妳仔細欣賞，阿母已經把它丟出，遺棄在桌子中央的牌池。其餘三個客人面面相覷，向阿母打眼色，大概是讓她別再挖苦女兒，讓妳難堪。

阿母少管他們的勸阻，回頭瞪着眼向妳大吼：「爛花！」

那時妳不過是幾歲的孩子，仍未懂得麻將的術語，甚至並不知道那隻彩鳥的名字是一索。妳感到藤條的鞭痕彷彿注入了岩漿，漫過妳幼小的腿。上身吹得冰冷，下身卻蔓延着一股辛辣的感覺。

那時妳皮膚的觸感好像比現在敏感得多。

那些夜裏，阿母的情緒平復過後，她會把妳喚到床前，跟妳聊聊天，大概是怕妳對她的責備耿耿於懷。年紀雖小，妳卻把這一切都看進眼裏，因此妳能夠體諒阿母，每每被她公然責備也不會懷恨在心，倒是她瞪着大眼，把妳喚作「爛花」的猙獰面孔偶然會從記憶的一角冒起。妳像貓一樣俯在阿母的腿上，她就像貓的主人，輕掃妳初長成的髮如梳理着後頸的貓毛。阿母的手很滑，妳伏在她腿上的時候，彷彿感到一條光滑的綿軟

的昆蟲在妳臉上游走，蠕動。妳曾用渾圓的頰感受過厚繭粗糙的質感，像一張磨砂的牛皮紙，癢癢痛痛的感覺。

阿母刻意抬起了尾指，竭力不讓指骨內側的厚繭，以及同樣粗糲的記憶刮痛妳的臉。

那種徹骨的冷，難道阿母不曾嘗過？她瑟縮故鄉門前，在梯階上哆嗦，只因她向妳的外祖父宣稱，她想讀書，不想守在家裏縫縫補補，做手工活兒。雪粉飄零，撲打着她的臉頰和迷濛的窗。裏面有着妳的外祖父，衣袖幾近被妳的外祖母扯斷，胎中的男丁流產後沒法再生育的她，那刻疲乏地哭嚷：讓我閨女進來吧，求你行行好，讓我閨女進來吧！孩子沒錯，都怪我——

妳不明白，為何阿母在撫掃的過程間輕易走神。妳輕觸她指頭上的繭，如曾經湊向父親的下巴，感受他針刺似的鬍子。

「摸到了嗎？感覺像不像仙人掌？」父親問，說話時下顎在妳的小掌上一仰一落。妳點頭，微笑。其實相比他那些凋零的參差的鬍根，妳更詫異於父親憔悴得消瘦的下顎。靜謐的房間裏，妳第一次，也是唯一一次，如此親近地觸摸父親的輪廓。

往後父親在妳的記憶裏，他的形狀就是他下顎稜角清晰的骨頭，和他顎下那隱約能感受到的脈搏起伏。

那夜阿母又把妳喚到床邊，妳再次依偎着她的腿。在她輕輕梳理妳的毛髮時，妳側着臉望向一個側臥了的世界，忽發奇想，便問阿母：「為甚麼麻將上面有隻精緻的雀？」阿母頓了一

頓，手指擱在半空，良久才想起妳所指的不過是寂寂無聞的一索。「隻雀叫一索。」她回道，「妳呢隻爛花問題真多！」

「爛花是甚麼？」妳沉默良久，試探地問道。

阿母垂頭，凝視地板片刻，方挑起嘴角説：「早點睡，別再問了。」她走到門前熄滅了燈，阿母的身影倏忽消失於漆黑之中。妳聽見被子被掀開時摩擦的聲音，「妳專心讀書就好。」阿母説，你們用體溫辨識彼此的存在。

*　*　*

隨着妳的成長，妳逐漸了解到許多事物的真相，例如為何阿母的尾指會長出厚繭。經年的麻將經驗，加上讀書時常要執筆寫字，讓妳指縫間很多位置都長出了繭，大抵這是妳的觸覺隨年齡增長而逐漸遲鈍的原因。至於舉牌的動作，妳已由當年堆砌積木的形式，練就到今天純熟把一列十八隻牌同時舉起。

妳外祖父在一次地震裏，死於磚瓦之中。

收到消息後妳和阿母立刻拉下雀館的鐵閘，趕緊乘搭夜車回鄉。阿母面向着窗，外頭是看不清的前路和不斷後移的景物。光管把她的臉映在車窗黯淡的玻璃上，為她的眼球褪去了紅筋，卻添了更多水光。妳輕輕依偎着母親，像兒時伏在她的腿上臂上，沒有説話，只靜靜地陪伴。妳知道，假如此刻玻璃窗上映着的是父親，或她想像中那魁梧的兒子，就能讓她依附其上，徹底哭泣。可惜如今只有妳倆，如纖弱的藤蔓纏繞彼此，

抵擋凜冽的風。

　　長途車程中妳沒法安睡，只留下一個稀薄的夢。

　　夢裏，妳看見外祖父攀滿神經線的枯枝似的手，還有他落日下閃爍的黃髮。妳還夢見自己在打麻將。妳坐在麻將桌前，心跳得很急，尚欠一隻白板妳便能吃一鋪教人稱心滿意的大三元。輪到妳摸牌了。妳用遲緩的指尖掃了掃牌底，竟觸到一塊光滑的平面。妳不確定地再畫一個弧，始終是那塊容易辨別的大地。妳按捺不住激動的情緒，翻起牌，看見那真是一隻白板。妳正要大喊一聲「自摸」鎮壓群雄，才發現這隻白板與手裏的兩隻並不同。

　　方框裏藏着一畝黃色的田，在藍色方框和白色外緣的映襯下，像撕去一枚貼紙後露出的淺黃色光滑的表面。瞬間藍色的邊框便逐一瓦解，黃色的方格也回復麻將牌原來的嫩白。如今手裏的再不是白板，而是一隻空蕩蕩的、沒有雕上內容的麻將牌。這樣的麻將牌妳在現實中見過，每副新的麻將都會附上一兩隻，以便一旦有牌丟失，仍能在後補牌上雕刻然後補上。夢裏妳被眼前的景象嚇壞了，然後在強烈的驚惶下醒來。

　　那時公車大概已經駛過了邊境，窗外的天色也漸漸陷入一片魚肚白。妳想天亮前應該能夠回鄉了。身旁的阿母不知是睡了還是仍然清醒，披着長髮的頭輕靠着車窗，一抖一抖的，染了鮮紅色甲油的十指垂放膝前。妳沿着她的手指，慢慢掃視她幼小的手腕。那時妳仍不知道，這個位置將會刻上一條永不磨

滅的疤痕。

外祖父離去後，妳有一段日子抗拒打麻將，甚至抗拒看別人打麻將。

每當妳的眼睛瞥見那一塊塊方形的硬物，妳便聯想那些是磚頭，一種頑固而難以挪動的信念，把外祖父活生生壓死。牆上的石磚和屋頂的瓦片在大地顫抖的一刻塌下，然後煙塵揚起，為外祖父的一生掀起終結的煙幕。

妳和阿母辦完後事，回到香港。妳知道阿母需要休息，於是妳負責在樓面招待客人。那天妳雙手抖抖的把麻將排成一列十八隻，舉起的時候中間的牌不知怎的都一一塌下，筒索萬子全都翻起了嫩白的底蘊。妳狼狽地把牌逐一疊上，弄得東歪西斜的，彷彿回到兒時那段未懂得打麻將的歲月。麻將從妳手裏塌下的時候妳感到無比倉皇，好像外祖父就站在妳身下，仰着臉等待從天降卜的磚塊把他擊落、堆埋。不知是鄰近地鐵站有列車經過還是店外的豪宅地盤正在打地基，妳感到雀館的地板微微顫動着。

那天妳的手氣很差，輸得落花流水，籌碼如麻將牌不斷從妳的手裏溜走。另外三位客人看妳神不守舍，加上贏了幾局已回了本，打完西圈便不耐煩地嚷着散去。

＊　＊　＊

阿雄哥嘻嘻笑着，把豐厚的籌碼一概放進胸前的小抽屜。

阿母在他的對面嫵媚地笑，笑說：「阿雄哥你手氣咁好，應該學似我咁，投身甘寶玲事業」，一面把眼前那條未觸碰過的牌龍推倒，然後四個人的手同時打圈，洗牌。阿母腕上的翡翠鐲子敲着木桌邊緣，發出叮叮的聲響。青翠綠色的翡翠配合俯伏的麻將牌，營造了一種很和諧的色調，彷彿桌子上是一片盎然的綠意，奏起一首原始自然的山歌。妳見阿母回復風騷的姿態，一臉笑意，即使對阿雄哥大大咧咧的形象不甚滿意，也得放下成見，為阿母感到安慰。

「阿雄哥又做索子呀？」妳站在他身後觀戰，目光不自覺掃視到他背心上的汗漬。

「索子旺我，唔做對唔住財神爺。」阿雄哥嬉笑着，轉眼已經碰出了兩對索子，手中的牌消得很快。他臃腫的手指捏着一隻八索，旋動着，像一個孩子把玩着一塊積木。事實上八索沒有正確的擺設方向，直豎還是倒立都一樣，看上去仍是兩個背對背的 M。

妳瞥見一索，那隻童年時因為收藏而讓妳被阿母公然責備的彩鳥。那夜妳從阿母的腿上，從傾側的視野中聽過它的名字時，沒有想過一副麻將裏原來還有二索三索四索直至九索。妳沒法理解那隻精緻艷麗的鳥，為何會被歸類於那一條條沉悶的竹子似的圖案。

現在妳站在阿雄哥身後，更沒法理解兒時的自己為何會被這個鳥的圖案所吸引。生命有太多沒法解釋的事情，妳發覺自

己已經喪失了求知的欲望，太多由前人設置好的公式和生詞佔據妳的生命，許多疑問在成長的路上被迫捨棄。

例如麻將的歷史，筒索萬子象徵甚麼。又例如父親為何寧願承受刺青的痛楚，還要把「發」字刻在嶙峋的背上。

父親在外祖父離去大概數個月後回來了一趟。那時適逢堂表姐結婚，説要為家人沖沖喜。妳們便罕有地以一家三口的完整姿態出席婚禮。父親在婚禮前一夜匆匆趕回來，薄薄的風衣掛在他瘦削的肩上就像掛在衣架上，在風中輕輕飄揚。父親湊近妳長大的臉，彷彿正在鑑賞生命的奇跡。在床頭燈的光暈下，妳清晰看見父親陷入的兩頰，下巴參差的鬍鬚渣子比記憶中長得更密。

可是妳沒有像兒時那樣，伸手感受那針刺的感覺。妳知道自己的手指逐漸缺乏以往的細膩和敏感。或許如今觸上去，不過會感受到些許粗糙的質感，不太痛也不太癢，像碰到阿母尾指上的繭。妳跟父親淡淡地聊了幾句，便藉詞溫習回到自己的房間。

其實妳並沒有回到房間。踏出父母的房門後，妳一直駐足門邊，站了很久。妳怕父親會觸動到阿母喪父後萎頓的神經。阿母坐在床上，不發一言，像等待着孩子主動上前承認錯誤，道歉。可是父親一貫維持沉默。他把身上的衣服一層層剝落後，便從行囊掏出一套乾淨的內衣褲走進浴室。父親赤裸的背項經過門縫，在妳窺看的眼簾前晃過。妳眼瞳裏的父親已經消

瘦得可以用肉眼看見他微微彎曲的脊骨，背上的「發」字像雀館的後巷裏、牆上攀滿的青苔，發出幽幽的綠，依附在他輪廓鮮明的骨幹上，顯得長而扭曲。那時妳剛升上中學，中文課上正在唸〈岳飛之少年時代〉，父親背上的刺青叫妳想起岳飛的「精忠報國」。

岳飛實現了報效國家的抱負，妳的父親卻在賭桌上弄得一敗塗地。

浴室傳出淋漓的水聲，阿母倚坐在床上，握着手帕擦拭眼角。

翌日妳們大早便到了堂表姐的家，靜候新郎前來接新娘。堂表姐夫跟他的兄弟挺着光鮮的西裝踏進家門時，堂表姐的姊妹紛紛進行攔截。妳站在一旁，觀看男士們在遊戲中的窘態，不禁掩嘴而笑。姊妹從廚房端出一個膠水盆，紅紅的盆子盛滿了水，妳屈身前看，竟見水面映着兩隻翠綠的麻將，靜靜擱淺盆子的底部，像靜待被挖起的珍珠貝。卻見新郎脫下皮鞋和襪子，赤足伸進盆子裏，似是要用腳趾把兩隻麻將夾起。

「一索得男！一索得男！一索得男！」

姊妹們都起哄叫嚷，轉眼新郎便夾起一隻牌。妳從他的腳掌下窺探到一隻彩鳥，有着尖銳的鳥喙，拖着尖長的尾巴，正是妳童年珍藏的一索。當新郎把「南」也夾起後，堂表姐狹窄的家隨即陷入一片不斷膨脹的歡呼與掌聲之中。

妳第一次知道原來麻將還有桌上耍樂以外的用途。

　　妳用眼角一瞥身旁的阿母，她也回望妳一眼，沒有表情，眼睛仍帶着未退的漲紅。父親站得老遠的，倚站在露台的門框，臉上也沒帶着表情，彷彿在思考着甚麼往事。妳想像父母結婚當天，父親也玩這樣的遊戲，初次將平日摸得爛熟的麻將用腳趾執起，寄予美好的盼望，如他背上的刺青。而阿母大概也像堂表姐一樣，掛上畢生最美的服飾坐在旁邊觀看，含笑，盼望肚腹會漸漸長尖，肚皮冒出一個小拳頭，一還兩口子的心願。妳想起阿母坐在麻將桌前，回望身後正在顫抖的妳。然後瞪視妳，大喊一聲：「爛花！」

　　如今妳終於明白爛花的意思。十多年前妳選擇了一個不恰當的時間，以一個不恰當的性別誕生，讓坐在東位正值韶華的阿母，摸得了一枚凋零的4號花。麻將牌上方刻着一個「竹」字，以及一盆竹子的圖案。

　　而妳知道，阿母嚮往的其實是爭艷奪目的梅花。

＊　＊　＊

　　步出雀館，燈箱把妳的側臉照得紅亮。妳把門輕輕帶上，懸在門上的鈴鐺發出清脆的叫響，妳不想雀館內嗶啪的洗牌聲騷擾到過路的人，這個城市再不需要更多噪音來填塞。對街的地基已經打好了，一棟棟新建成的豪宅樓宇被綠色的布覆蓋，靜待住戶入伙，為它掀起面紗。

　　妳走向街角，感到鞋子下方脹脹的好像踩到了甚麼。妳提

起鞋跟一看，便見一朵被踩爛了的火焰木花球。紅彤彤的花球彷彿一團熾熱的火苗，散發着生命的活躍氣息。可是它已失去生命，脫離了自己的根，只能在路上翻滾。經妳這麼一踏，招展的花瓣已萎縮成一團糜爛。呈鐘狀的花冠擠出了些許汁液，有些更黏附妳的鞋跟。妳繼續前行，漫無目的。

　　幾個老者圍着前方的垃圾箱抽煙。城市的垃圾箱全是鮮橙色的，好映襯行人路上掉落的花球。妳知道花球是對街的火焰木撒下的殘紅。

　　從街口轉角位向左拐，便是一條斜坡。妳提起右腿，輕輕用鞋頭踢了踢跟前的花球。花冠隨即像高爾夫球，沿着斜坡直往下滾。橘紅色的球體，遠看又似一個落陽，逐漸消隱於山巒。花球在斜道上越滾越快，若不是碰到球場的鐵絲網，或許它會逕自滾出馬路，讓一輛車輾過，然後汁液會染上車輪，滲入深刻的軌痕。

　　父親的身影就在花冠停靠的位置消失。

　　那夜，妳在慌亂中隨手掀起一件風衣，披上肩，遮蓋上身的睡衣，便追趕出雀館。鈴鐺微弱的碰響在深宵的街道上迴盪，彷彿一個擴音器放置在門外一個看不見的角落，把所有細微的聲音都以次方比例放大。拖鞋磨擦地磚的嚓嚓聲尤其刺耳，任何一個對街的路人也能清楚聽見這聲音，並憑着聲音的軌跡發現妳，然後藉着橘黃色的路燈，辨別出一個年輕女子在深夜的街上奔跑，彷彿追趕着甚麼壓根兒不存在的事物。妳跑

到街口的轉角，頭向左拐望，隱約便見一個瘦削的身影，顛顛地消隱於下傾的斜坡。

妳沒有追趕。

旁邊的橙色垃圾箱在路燈下顯得更橘黃了，像一顆熟透的果子。銀色煙灰缸反射着亮光。除了煙灰，裏面還有一根看似只抽了兩口、長長的屈折的煙蒂，煙頭隱隱透着未滅的光芒。

像火焰木花冠，孤獨地燃燒。

父親離去後的翌日，阿母整天把自己收藏在閣樓。妳在樓面招待客人，沒想到有顧客砌牌時發現一副麻將缺了一隻牌，其中一條牌龍不論如何點算也只得十七隻麻將。妳另取一盒新的供客人耍樂，自己在一張空置的桌上翻出了那副麻將點算。筒子索子萬子全齊了，東南西北也齊，花也齊，紅中和白板也齊。

唯獨發財只有三隻。

那個從斜坡遙遙下陷的父親的背影便浮現妳腦際。妳想起他背上的刺青，那青苔一樣的「發」字依附他高瘦的背脊蔓生。

妳停止思考更多，只知一副麻將缺了一隻便不成牌。妳匆忙從樓梯底一個幽暗的箱子裏，掏出一隻後補牌。牌子的表面空白而光滑，沒有雕上符號或文字，彷彿它的意義需要利用想像來詮釋。

雕刻師傅是個老頭子，他在鼻樑上架上一副老花鏡，在麻將白得近乎透明的一面寫字，再沿着自己的筆跡，細心刻上一

個秀麗的「發」字，然後注入墨綠色的漆油。等待顏料風乾的時候，老頭再一次向妳憶述小鋪的歷史。妳環顧這個舊區附近一棟棟插針式的新樓盤，想像那是用一塊一塊俯伏的麻將堆疊而起的建築。兒時阿母沒有閒錢給妳購買玩具，便唯有跟一些雀館客人的孩子坐在閣樓一同玩耍。妳們以麻將牌堆砌幻想中的理想城市，又把麻將牌一塊一塊疊起，然後比誰的更高。直至其中一方的手指不慎輕輕一觸，整座摩天大廈便會像層層疊千瘡百孔的樓幹一樣，轟然倒塌。

＊　　＊　　＊

「又爛花！」

阿雄哥低吟一聲，左手輕托在腦子後方，擺出一副可惜的模樣。他手裏萬子較多，可他堅持要做索子。他的上家好像學聰明了，懂得把索子一一扣起不溜給他。唯獨對面的阿母，摸到索子立刻把牌放逐出去，偶爾還附帶一句「雄哥益你」，大有私相授受之嫌。

妳開始明白麻將桌是他們調情的地方。但妳始終沒法理解一索那彩鳥，為何會被納入沉悶的索子類別。

暑假時妳閒得發慌，便往圖書館翻翻不同類型的文獻。妳找到一本與麻將發展史相關的書籍，便抵不住好奇細讀起來。妳這才知道，原來麻將遊戲跟古時的人捕獵鳥雀真有莫大的關係。筒子象徵的並不是銅錢，而是獵槍的橫截面，由以往槍口

對着飛鳥發展成今天對着玩家的指頭。萬子顧名思義是當時買賣獵物的貨幣單位。而索子,象徵的正是雀鳥自身。那一條條竹枝似的圖案,竟是死鳥的足。相傳人們捕鳥後會用繩索把獵物的腿束起,然後變賣金錢,索子的圖案由此而生。

原來,那隻色彩繽紛的鳥還是逃不過被獵殺的命運。

對符號的象徵意義略有了解後,妳對筒子和索子起了一種莫名的厭惡與驚懼。打麻將時也盡可能選擇做萬子。妳感覺萬子是三者之中最理性最不觸動情緒的符號,至少相比於槍口和死鳥的腿。每當摸到一索——曾經嚮往擁有的彩鳥,妳也會狠下心頭把它丟出牌池,任由它橫躺在那紛繁的世界,免得它又再掀動一些無謂的情感與回憶。

還是麻木一點好,妳想。

指頭上的繭越來越厚。

妳摸了一隻牌,指尖慣性輕掠牌底,觸到一片光滑。那是一隻後補牌,妳堅信。不會是白板,至少白板有四條邊框。這種驚惶的感覺好像曾經襲上妳的心頭。妳低首一瞥,只見一隻新雕成的後補發財。那天老伯雕得很精巧,妳親眼目睹他在雪白的牌面上,沿着自己秀麗的筆跡,仔細鑿出深邃的坑。那時牌面還挑出了許多白色粉末,像阿母沐浴後坐在床沿,從腳跟磨出的死皮。老伯每雕一畫,便又翻轉牌子,把遍佈牌面的粉末抖落桌上的報紙。妳肯定這發財雕得比其他舊牌子還要深。

可是妳的指頭在上方觸到一片虛無。

＊　＊　＊

當阿母腕上的疤痕變成一道淺淺的棕色軌道時，雀館裏再沒有阿雄哥碩大的身影。

阿母就像一隻鳥巢被拆毀的鳥，安居愉悅的想像頃刻間只餘下驚慌失措。

那夜，阿母躺在妳的腿上，像妳兒時倚在她腿上的姿態，把視野乃至整個世界傾側。阿母的淚水沿着臉頰滾落，染濕妳裙子裏露出的膝蓋。妳的指頭順着她一匹長髮滑下，沒能感受到甚麼，只是長髮偶爾纏繞打結，窒礙了撫掃時流暢的感覺。妳這才知道阿雄哥失蹤前，向阿母要了一些錢周轉。阿母手裏沒有太多現金，便隨意把一些值錢的物件都給了他變賣。

她沒想過，阿雄哥會就此消失。

像父親。

神枱的紅燈泡在幽暗的室內顯得特別亮眼，妳想起門外那棵火焰木。火焰木終日掛着鮮艷的紅冠，卻又撒下遍地殘紅，如散播火種在地，把地磚縫中冒起的一條條生命力頑強的雜草，連同許多不快的回憶和怨語燃燒。神枱的紅燈經年亮着，映照下，妳阿母手指上的甲油顯得更加鮮紅。她腕上的舊疤在翡翠鐲子的缺席下展現，彷彿被脫光了衣服，被迫以赤條條的姿態擁抱缺陷。外祖父黑白色的臉鑲嵌在相框裏，方正而規矩，臉上不帶一絲表情。妳沒法從照片灰階的色調裏，辨別他

的白髮是否已然透黃。

　　妳環顧晚上燈光熄滅的樓面，一張張四方桌建構出一個沉寂無光的城市，顯得格外陰冷。阿母輕輕的抽泣，聽上來似乎大得能夠覆蓋麻將殘餘的碰響。阿雄哥的嬉笑聲仍在這個空間裏蕩漾。

排 拒

一

　　他躺着，循女音的指示，高舉雙手，腰背僵直。他畏懼
輻射而緊閉的眼，還是睜開了縫，確保自己仍有意識，便已足
夠。他不需看得太清，儘管他清楚知道，自己已置身在圓拱形
的入口，機器外緣透着藍光，悠然旋動着，似在聚焦他體內一
個隱晦的位置，綻發肉眼看不見的箭。此刻他僅有儲物櫃鑰匙
扣在腕帶上，身上披着的紙製病人服纖薄如無物，機件的冰涼
輕易滲進他的脊樑骨。床以微小的幅度前移，慢慢把他推入那
個靜謐的空間。遠方傳來溫柔的女音，知會他，顯影劑很快會
從手肘的針豆，注入他的血管，進行掃描程序。他躺得脖子有
點僵硬，清了清喉嚨，才勉強應許。溫婉而篤定的女音讓他想
起了麗，然後是液體流動的聲音，一些外來的液體正急速輸送
到他體內。上肩、胸口乃至臀部，灼熱的感覺倏地擴散，女音
重複呢喃：閉氣，繼續閉氣。滾燙的感覺堵在喉頭，他有股嘔
吐的衝動，可他知道，自己必須憋着，竭盡全力地憋着。

二

　　林善步出房間時，便見麗她爸坐在等候區，繞着腿，環顧起四周，又捋起衣袖瞄腕上的勞力士。與白光燦燦的公立醫院不同，檢測所的燈光微弱，像檔次很高的講究格調的酒店。林善想起見家長那一夜，酒家由親家預訂，燈光同樣昏暗。他們獨佔一間面海的房間，沿落地窗眺望去，維港夜色一覽無遺。老竇我帶你去買套見得人嘅衫，晚飯前禮執意帶他前往 G2000。禮從銀亮的衣架上執起西裝，把林善推到試身鏡前，逐一攔在他身前比看。他沒有作聲，思忖這裏的西裝是否都賣二千元，直至他瞟到鈕扣上的價錢牌，挑了件便宜的便讓兒子買了。林善穿不慣新衣，兩肩有點拘束，雙臂的活動受阻。整頓飯下來，他除了進食，雙手都垂放桌下，臉帶尷尬的笑，凝視烏亮的轉盤，映照着勤於斟茶勸菜的禮和麗，看他們的臉偶爾被一碟掠過的花生擋去。

　　麗她爸捧着酒杯，高舉手臂，朝林善湊過來時，他便看見杯裏浮蕩的不知名紅酒，與他棕紅色的髮型成和諧色調，肥厚的耳珠上，還有兩個明晰的孔洞。林善不會喝酒，平生只嘗過兩口藍妹，唯有拱起低矮的瓷杯，以茶回敬。林善記起，芳曾經說過，耳珠肥厚的人命格頂好。說時，還邊用粗糲的指頭，揉着僵凍的耳，她一直渴望能像街上的女孩，鑿上兩口耳洞，刺入喜歡的飾物。

　　老襯，一把年紀，要識得對自己好啲。大半世人為仔女奔

波，都要顧住自己副偈至得。

　　麗她爸靠過來，搭着他的肩膀，林善嗅到濃烈的古龍水香。他暗自後悔，不該向親家提到昨晚值更時，忽然襲上胸腔的劇痛。夜闌人靜時絞痛尤其難耐，他伏在更亭的辦公桌，臉貼在冰涼的桌面，心臟撲通撲通的。灌了幾口水，不忘把「巡樓」的牌子懸在門把，方敢輕掩上門，平躺在狹小的地板上緩過氣。我去政府診所排期就得，你唔好同你個女同女婿講，多一事不如少一事。林善説，微微掙脱親家的手臂。麗她爸卻執意讓林善跟他往相熟的私家檢測所走一趟。我帶你照CT，我死黨個仔係個度做顧問，有優惠，幾千蚊求個安心都抵啦。

　　林善不知道甚麼是CT，在親家的引領下，抵達旺角一所辦公大樓。升降機是被動操作的，親家嫻熟地按下要抵達的樓層，系統自動分派他們往C號升降機，踏入便瞥見門旁出現相應的紅色數字，林善覺得這一切都這麼身不由己、不容反悔。西裝男人迎上來，與親家問好。年輕男人約四十歲，身材健碩，胸前鍍金名牌刻有「健康顧問Alan」。麗她爸概述林善的情況後，Alan從櫃枱旁的鐵架掏出印刷精美的小冊子，在林善前攤開。內裏介紹各種高端檢測器材，磁力共振、CT掃描儀，還展示各器官的掃描影像，價錢淺淺的附在圖下方。林善掃視不同表格，訝異於身體檢查也能以套餐形式兜售。只要注入顯影劑，便能檢視體內運作，防患於未然。Alan合上冊子，微笑總結説：我們活在這年代實在幸運。

　　林善不善於拒絕，只懊悔自己多言，把事情告知親家。現下的檢測所涼颼颼的，身上病人服更顯單薄。麗她爸見他前來，連忙擱下繞着的腿，取回旁邊椅上的小腰包，騰出座位。係咯老襯，做咗個心咪安樂咯。他沒有回應，想起顯影劑注入體內時渾身灼熱的感覺，心有餘悸。姑娘前來替他把針豆拔出。她撕開膠紙，拔出輸送顯影劑的那顆豆。林善別過臉，看見親家穿了件格仔襯衫，領口兩顆鈕敞開，碧綠的玉墜明晰地懸在胸前。

　　姑娘用棉花堵住針口，你自己㩒住，有無覺得有任何排拒跡象？姑娘說得有點快，櫃位尚有兩位等待她登記的病人。他需要坐在這裏觀察數分鐘才能更衣，確保身體沒有過敏反應，林善有點冷，微微顫動，彷彿體內有顆種子，正吸取他的養分，悄悄破開硬殼，然後萌芽。你有無見唔舒服？親家重複一遍姑娘的話，彷彿他是個語言不通的異鄉人。隻手有啲瘦，林善說，不確定排拒的意思。姑娘踩下垃圾箱腳踏，把醫療廢物和即棄手套統統丟進去，回櫃枱接過一份健康申報表，回頭說，手臂瘦係自然反應，返去飲多啲水，適應咗就好。

三

　　林善知道，他必須學會適應排拒的感覺，才能安穩無虞地生存下去。

　　未待熱水放涼，林善便捧起茶杯，嘗試喝剛斟下的沸水。

老爺，隻杯仲未洗。麗手執筷子，用普洱茶反覆沖洗，搓揉筷子時擊出清脆的聲音，教他想起那段搓麻雀的歲月。消遣的聲音在超仔出生後好像逐漸遠去。家裏地方淺窄，嬰兒床進駐後，林善索性把麻雀桌摺疊，挪回房間充當晾衣架，浴後潮濕的毛巾直接擱在那裏，晾乾又更換，周而復始。

麗執意説，第一輪沖泡的茶不能喝，茶葉裏滿是農藥，最好用作洗碗筷。林善不講究這些，他想，要是茶葉真有農藥，沾染餐具豈不是同樣放進嘴。但他沒有質疑麗，她可是念過番書的姑娘，本該博學、莊重而大體。儘管他與她見面的時間不多。麗大多時間待在房間，關上門，偶有陌生的臉從鐵閘的布簾後冒出，林善茫然時，麗才急急奔出，恭謹敞開鐵閘，佢係Nathan嘅Phonics老師。林善不知「風力」是哪門學問，只知那時三歲的超仔已擁有屬於他的英文名字。林善不會英語，可是他從超仔的課業上，認得六個字母的排列，與彌敦道路牌的並無二致。彌敦道連接佐敦至太子，Nathan成了連接翁媳的橋樑。他們曾經圍在電視前用膳，家裏缺窗，燈光昏沉，電視螢幕格外耀眼，似乎是目光唯一能投靠的地方。後來麗怕藍光傷眼，拒絕超仔接觸電視，自此母子二人少了與林善進餐。她從一田超市購買預先包裝的有機蔬菜，用附有彩色防滑手把的精緻廚具，為超仔烹調水煮菜、薯仔炆雞翼等富營養的食物，二人分量，卻得耗上不少時間。家裏廚房狹小，只容得一人，林善勉強擠進去似乎於禮不合，只好待麗戴着防燙手套，小心翼

翼端出菜餚，往自家房間裏送，林善才能步進廚房，在餘香裏
打開雪櫃，取出鐵碟子。冰涼的水氣黏附保鮮紙，如一片薄薄
的霧，儘管如此，林善仍能清晰看見盆裏的豬油凝結成啫喱般
的固態，油的表面泛起白色的糊。

　　麗淘洗餐具後，一壺茶所剩無幾。禮提起壺蓋，擱在手
柄上的位置，示意樓面員工添水。林善喉嚨乾涸，想起今早姑
娘的囑咐，更急要喝水。他想自行去添，手臂舒展時卻傳來痹
痛。麗和禮埋頭選點心，似乎未察覺他的異樣。超仔低頭按
着電話，指頭左右迅速移動，躲開蜂擁而至的敵軍，避免被殺
戮。林善撫了撫超仔的頭，害他手指一偏移，角色便倒在一片
血泊之中，遊戲結束。超仔抬頭盯着林善，爺爺，我被你累死
啦，又復低頭。林善有點不忿，孫兒這算甚麼態度，可他依
舊把雙臂垂放桌下，沒有作聲。禮完成點菜，把鉛筆倒插回牌
上，林善看見那根中華牌鉛筆用得特短，橡皮頭也丟了。員工
忙於下單、蓋印、領食客入座，林善凝視蓋子揚起的茶壺，雪
白的內壁黏了成團糊狀的茶葉。

　　點心紙遞出後，超仔俯下的頭成了三人目光停駐的地方，
像家裏曾經燦亮的電視螢幕。禮若有所思，有點焦躁地搓揉雙
掌，大抵入秋的天氣乾燥。他深得母親的遺傳，在秋冬季節，
皮膚輕易乾燥龜裂。芳不用護膚霜，林善會到樓下雜貨店買兩
塊片糖，切片，然後泡在水裏，看它逐漸變小，再徹底消失。
為芳洗掌時，林善發現她的指頭長着厚繭，掌心泛紅，看是長

時間泡在水裏導致皮膚破損。想起芳蹲在餐廳後巷，成天俯身洗擦碗碟的身影，林善只覺難堪。有時他捉弄芳，用牙刷軟濡的毛輕搔她掌心，害她吃吃地笑。

茶壺再次放到桌上時，炸餛飩也被擱上來。職工用力有點猛，水沿壺嘴溢出，染濕了桌布一角。禮為林善斟茶時說，老竇，阿媽個神位擺咗咁耐，屋企地方有限，你有無諗過搬走佢？林善怔忡原位，好地地點解要搬走？茶杯裏水位不住上升，普洱越見深色。麗慌忙用手肘碰了碰禮，害他手腕不穩，幾點水花濺在碟子上。老公，送炸雲吞個阿姐無畀甜酸醬，你幫我去攞。

禮離席，麗才回頭看林善，他很久沒有這樣跟媳婦對視，目光不自覺偏移，落在她耳垂下的吊飾。十架造型的水晶，正折射着光芒，熠熠生輝。老爺，麗開腔，語氣溫婉而篤定，我哋想裝修屋企，Nathan大個仔了，要有私人空間，我哋打算買座琴畀佢練習。林善有點悵惘，怕媳婦難堪，只好把這股唐突的感覺，隨手中熱茶嚥下。沸水太燙，吞下時喉嚨有點灼痛，林善想像顯影劑在體內發揮作用。身旁人流來去如梭，他的視野變得有點朦朧，可他安於現況，不必把周遭看得太清。林善微笑，放下茶杯，他不善拒絕，說到底他需要的只是個能棲息的地方，況且他當夜更保安員，日夜顛倒，倘若地方真不夠用，他也不必擁有屬於自己的房間，白天回家暫睡超仔的床也是可以的。

麗難掩寬慰的神色，她站起來，為家翁夾一件點心，習慣握刀叉的手拿起筷子時總是笨手笨腳，炸餛飩沿碟子邊緣巡迴，終究落在桌布上，倔強的表皮迅即碎散。林善道謝，目光繼續停靠超仔身上，唔好玩咁耐，傷眼。他揚起手想搭在孫兒肩膀上，又在半空凝止。他記得超仔仍小時，爺孫每逢到茶樓用膳，總愛將筷子打豎，褪去紙製的筷子套，慢慢捲摺成螺旋狀，然後湊近唇邊，呼氣。紙卷舒張，像青蛙吐出捕蠅的舌頭，打在對方的臉頰，樂得超仔滿臉通紅。林善也把牙籤微微屈折，輕擱桌面，在缺口處沾點水，超仔喜歡目睹牙籤慢慢扳直的過程。他也帶孫兒到門前看魚。昏暗的水缸裏，生命以緩慢而難以察覺的節奏存在，慵懶的石斑張着破損的唇，任由小蝦自由進出牠的口腔。象拔蚌黏附水缸，緩緩移動，蠶食肉眼無法識別的懸浮物。水缸倒映超仔專注的臉，直至芳催促，二人才不情不願地回席。

屏幕倒映 Nathan 的臉，眼鏡滑落鼻尖，仍無暇托上，急速移動的目光似乎再不會投往緩慢的事物。林善忽然覺得，他需要配一副眼鏡。

四

傍晚，禮趕到商場，公事包串在手臂上晃擺，西裝外套搭在上面。好在今晚過節早放，先得閒帶你嚟攞眼鏡。初秋空氣仍然悶熱，禮領口的鈕子鬆開了，領帶有點歪斜的懸着。雖説

兩天前，他才首次踏入這個為配合新落成的住宅而建的商場，可是這裏離家不遠，路還是能辨認的。林善討厭被人攜帶，四肢健全的本地人，卻彷彿永遠是那個迷失的、緩慢而落後的人。他懷念與芳外出的日子。她總勾着自己的臂彎，不徐不疾地走，不曾質疑他行走的方向。寒冬日的大街，芳會把她粗糙的手藏在他棉襖的口袋裏，安於他溫暖的引領。

禮訛稱順路，還是來了，林善知道實情是禮怕他老糊塗，被眼鏡店店主濫扣醫療券。見兒子大汗淋漓，林善忙叫他搭上外套，免得受涼。慢慢嚟，我未咁早開工。説罷雙手擺在身後，禮只顧走在前頭，適時推門和按電梯鍵，沒留意林善的手挽着個扁扁的袋子。

兩天前兒子帶他來驗眼。視光師坐在旋轉椅上，與林善看進同一部機器，他瞄進去，看見一幅絢麗的畫面──綠草如茵的曠野，氫氣球被定格在離開地面的瞬間。然後四周陷入漆黑，瞄進洞裏，只見方向各異的 E，從大至小排成多列。視光師逐一考問，E 的缺口向上、下、左還是右？林善起初的回答很堅定，只是到了第三行，語調開始遲疑，搖搖頭。駛乜睇咁清，粒字豆腐潤咁細，睇唔到都無所謂啦。林善苦笑，仍半瞇着眼，吃力地辨認缺口方向。清楚啲好，唔係地下有金都唔識執。視光師打趣道，邊在紙上抄寫度數。

視光師拿來鏡子，擱在林善面前，又掏出眼鏡和簇新的抹布，擦拭鏡片，然後捧上。玻璃櫃裏陳列着林林總總色彩怪誕

的鏡框，螢光黃、迷彩綠、純白色粗厚膠框，林善忽然想起親家，佩戴這樣怪異的眼鏡，配搭他常穿的吊腳牛仔褲。褲子的布料已然磨白，上方滿是爛茸茸的破孔，露出乾巴巴的皮膚，彷彿那是由碎布拼湊而成，湊合着穿的，也省得補丁，這跟親家不愁吃穿的家境不配。Nathan 輕托眼鏡說，爺爺你唔會明，依家潮流興呀，好心你都學下公公啦，著鞋都著 Timberland，幾有型。林善沒有回話，只靜靜沏茶，喝得滿腹是水，小解時凝視馬桶一潭澄明的水，被他斷續的尿液擊出漣漪。微黃的尿泛着零星泡沫，久未破滅，林善想起注入血管的顯影劑，心頭一顫。是的，他不會明白，永遠不會。

<h2 style="text-align:center">五</h2>

　　林善戴上眼鏡，放眼望去，商場路人匆匆，輪廓卻異常明晰。禮踏出眼鏡店後迅即與他分道揚鑣，說是超仔要吃元氣壽司，趕赴地鐵站與妻兒會合。超仔不只愛吃日本菜，也貪圖迴旋帶，能邊吃邊看繽紛的碟子在眼下逡巡，看中哪款便順手拈來。下單後還有輛小列車，直接把點選的壽司送到食客面前。林善不吃魚生，曾在禮慫恿下勉為其難咬了一口，三文魚籽在口中爆破，溢出腥沖的味道，餐後頻頻嗽口也沖刷不去。林善只好訛稱飽了，雙手交叉在桌面，從罎子裏舀起綠色粉末，抖進杯子裏沖玄米茶，喝過一杯復一杯。他盯着價目表，對應碟子的顏色，默默計算這頓飯的價錢。Nathan 握着手卷，純熟地

喫着，唇邊遺落黑色的紫菜碎屑。

　　中秋夜仍得值更。看時間尚早，林善便在商場多蹓躂一會。這種依附高級私人住宅的商場，總有明亮的指示牌，顯示乘搭車輛的路徑，彷彿商場只是交通轉駁的地點，而甘願耗費千萬居住於此的人，只是為了更簡易地前進，而非逗留或歇息。鏡片下的商場顯得過於耀眼，林善從雪白的地板看見，每雙行走的腿都踩上了各自的臉。

　　一所商店被路人圍攏，人們不像在輪候，他們沒有鼓譟，只是環繞並安靜觀察。林善走近，看見店門前有展示櫃擺放着龐大的模型，重塑這舊區重建前的面貌。拆卸多年的戲院、留有水痕的唐樓外牆，似曾相識的建築縮小成精緻的積木，供過路的人圍觀、購買和收藏，更多會驚歎、拍照，又復前行。林善瞄進展示櫃，感覺裏頭的行人像蟻，因尺寸太小，只染上衣服的顏色，五官被淡化成模糊的肉色。城市被切割成多個配件在店內兜售。林善發現，單是一支交通燈和兩個行人已索價上百元。他有點悵惘，記憶如此昂貴，卻只能以縮小的形式存放，藉此騰出更多空間，容納外來的事物。

　　旁邊貨架販賣鎖匙扣，清一色白底紅字的書法，被傾側地懸掛着。它們仿擬傳統手寫小巴牌，但篆刻的並非地名，而是林善不解的術語——屈機、佛系、好巴打。幾個小孩在標示「特價盲盒」的區域，手執紙盒吃力搖晃，湊在耳邊，凝重地傾聽甚麼。Nathan曾購買這類玩意，林善在旁嘮叨，幾十蚊都唔知

自己買啲乜。他並不明白，實事求是的年代，人們為何仍會向含糊靠攏。爺爺你唔好嘈住晒啦，Nathan 説，手中紙盒持續晃動，務求藉着碰擊聲判斷盒內是否藏着心儀款式。搖晃的節奏恰似搖動奶瓶。

林善把孫兒捧在懷裏，超仔喝奶很急，骨碌骨碌，偶有奶水沿嘴角淌出，林善用口水巾為他拭去，飽飯後孫兒坐在他膝上，身體向前微傾，承托下巴掃風。聽到一聲回溯的嗝，清脆明確，林善感到生活是安穩而幸福的。

六

天色入黑，大廳陷入沉寂，只有神枱發出殷紅的光。芳的臉守在橙丘後，尖小的耳朵頑固地堅挺，似在堅守某種信仰。林善知道，狹窄的家再容不下神枱，它的功用太過純粹，純粹用作瞻仰的存在。他執起火機，上了灶香，弓身拜了兩拜，提起扁長的膠袋回到房間。房間不透風，毛巾帶着昨天沐浴後的潮濕，晾在摺疊的麻雀桌上，散發隱隱的霉翳氣息。擱籌碼的小抽屜久未敞開，大抵也漫出陰鬱的味道。林善翻揭 CT 掃描的報告，除心臟掃描圖外滿是他看不明白的英文。心臟並不飽滿，紊亂的血管纏着尖小的心房。主診醫生用筆尖描繪心臟的輪廓，比劃説他的心房比正常人狹小，可能導致偶發性心律不整、心悸和氣喘，但仍需進一步檢測才能確定。

門後傳來指骨叩響的聲音，Alan 步入房間，遞上精美的小

冊子。林善抬頭微笑，卻感到肩頭被輕碰，他站起來。先生點稱呼？Alan誠懇的目光投上了他。林善的笑容凝住。我哋做緊身體檢查優惠，可以進一步了解問題的根源，防患於未然。Alan搭着林善的肩膀步出房間，護士呼喊下位病人的名字。Alan上前，在大堂按了G字鍵，系統安排林善前往D號升降機。林善覺得這一切都這麼身不由己、不容反悔。門合上的瞬間，林善見Alan仍帶笑站着，胸前的名牌熠熠生輝。

我們活在這年代實在幸運。

不少住戶扶老攜幼，到公園沾點節日氣氛。林善在更亭外踱步，好不容易在兩棟舊式低矮的公屋縫隙間，瞥見了月色。戴上眼鏡的林善，看見一輪過分明亮的圓月，與地上螢光棒的光芒相互輝映。公園裏的孩子爭相拋擲螢光圈，懸在樹幹，似是一種祝願。林善見識過這玩意，一根白寡寡的塑膠棒子，只要將其屈折，纖維破裂，扭曲的地方便會破出顏色，均勻的揉動能使整根棒子發亮，在黑夜中綻放光彩。

林善想起了顯影劑，那明晰的液體，是否一如螢光液，正靜默地流竄他的體內，然後供人檢視？胸口忽爾又傳出刺痛感。林善步回更亭，雙手插進衣袋，指頭便感到粗糲的質感，像那年芳伸到他袋裏取暖的手，那般粗糙，缺乏圓滑。掏出的是塊萎縮的棉花，上方沾了一點血痂。林善恍然，那是檢查當天，姑娘替他拔掉針豆，止血時使用的，竟一直擱在衣袋裏忘記丟掉。

　　林善凝視棉花上，凝成褐色的血，忽然想起超仔幼稚園時的自然科功課。他們拿棉花鋪放膠兜，擠得嚴密，然後放置幾顆綠豆，澆水，擱在窗台。超仔每天課後，回家立刻跑往爺爺的房間，盼望豆芽苗壯成長。幼嫩的豆芽確實破開了頑固的外殼，延展出短小的苗，但大抵是缺乏陽光的關係，嫩苗很快萎頓。生命如此脆弱。他把痛哭的孫兒擁入懷裏時，林善思忖這份習作給幼童的教育，興許不是生的盼望。

　　他不住喝水，胸口的痛感才稍稍舒緩。他感到豆已在他的體內扎根，而他必須學會適應排拒的感覺，才能安穩無虞地生存下去。

安居

第一抹晨光映上阿明的眼簾，把他臉上乾燥的皮膚和眼角的紋表露無遺。住所旁邊發出綿長的鑽地聲，把他從夢中抽離，上一秒仍深刻經歷着的腦海裏的情景，竟在他張開眼的一瞬間，蒸發然後消散。每天早上醒來，阿明都會因着潛逃的夢而感到一刻的詫異，這種奇異但短暫的感覺讓他沒法把自己定位。頭頂上的天花因為長年潮濕而染上斑斑霉點，阿明把它幻想成夜幕中閃閃發亮的星斗，到了白天仍纏繞他的腦際，像夢裏的那個深邃的洞穴偶爾會進入他下午工作的大腦。

那時，阿明大概正協助進行新樓盤的宣傳，他交叉雙臂站着，在那個對着電腦軟件懊惱的新人背後，提示他學會利用仰視的鏡頭和紫黑色夜幕的背景來烘托拔地而起的輝煌的豪庭，照片裏駛過而顯得模糊的雙層巴士應該跟那些舊唐樓一樣，在去背的程序中刪去。然而阿明並不渴望擁有這樣的居所，午飯後他間中能反芻昨夜的夢，在糊塗的意識裏甚至認定了夢裏那個消失的世界才真正屬於他的家。每天早上起床時他都有這樣

的錯覺，可是這只能維持一段很短的時間，因為他必須把身體撐起來，趕緊梳洗和更衣，迅速把衣架上懸着的沒有解開的領帶重新套上，拉緊領口，邁步往地鐵站，返回自己對面海的辦公室。握着麥克風，以半開的聲線重複説着迷離的話。

可是，事情從今天起變得不一樣，他清楚知道，他終將能在床上多躺一會，看着天花板流動的光線、貨車經過的黑影如何跟那些水跡和霉點融合和交疊，像幼稚園生玩着連線的遊戲。連線冊上，一隻小狗的圖案呼之欲出，卻偏要讓孩子用鉛筆把黑點順着數字連結起來，從面部到耳朵到身體到尾巴然後返回起始的那一點，狗的框架便由生硬的直線勾勒了出來，彷彿一個循規蹈矩的工作天，忙忙碌碌後最終還是回到自己的居所。相比規範的生活，阿明更喜歡沒有線條所限的夢，如今他清醒了，卻仍然靜靜躺在床上，思考自己上一秒身處的世界，以致它不會被遺忘。他對夢的印象非常朦朧，卻好像親身經歷了很多，像蠶繭的絲，綿長得不會斷裂似的，卻在醒來的一瞬間被鋒利的刀剪斷。

阿明依稀記得，那是個很長很長的夢，是一次悠遠的長征，把他帶往一個近海的地方。他必須遁地，在地平線以下的漆黑隧道蛇行，時而緩慢，時而高速，不能停下腳步。途中他遇上了許多求救的人，阿明忘記了他們的容貌，只記得那些人的眼睛裏共同擁有殷切的神采，裏面又裹着對阿明為他們找到棲身之所的盼望，好躲避隧道裏因為擴建而揚起的沙塵——那

些用肉眼也能辨識的快速流動的空氣粒子。於是阿明引領一雙雙眼睛四周探索，他們有的選擇了奇怪的住處如峽谷和吊橋，還有的選擇了帳幕。隔着薄薄的藍色帳幕，阿明看到裏面閃耀着兩點星火。縱使他想知道兩點星火是否來自他們帶光的眼眸，可是阿明是個識趣的人：人家既然遷入帳幕，那裏便是他們的居所，一個隱私的地方，不便打擾。一團火光不知怎的燃亮起來，把帳幕裏兩個對坐的黑影投上帳幕。可是他們的身體很快便交疊在一起，兩團黑影化成一團更大的黑影，持續抖動着，阿明還聽到一點壓抑的聲音，和一把男聲輕輕地説：小聲一點。帳幕外，阿明滿意地笑起來，這一雙雙眼睛大概也會對自己的私人空間感到滿意。阿明沿着一列帳幕前行，途中有別人低語的家事、訓斥的聲音、老人的咳嗽和孩子的嚎啕哭聲，沒想到走着走着，他感到自己越走越深入，身處的空間也越來越小，最終在一條狹窄的小徑裏迷失了方向。在那裏，阿明看不到終點和光明，他忘記了家的位置。雙腿停止移動，凝固地面，整個人忽然好像陷入了流沙似的往下陷。這時他的夢被電鑽的聲音鑿穿了。

他比以往晚了兩小時起床。踏出房間時他慣常開電視，電視慣性停留在無綫新聞台。他其實對新聞報道裏的內容不感興趣，立法會的爭吵和時刻在發表演説的特朗普讓他感到噁心。阿明只瞄了瞄財經消息，以及新聞報道員頭頂上的溫度，16至22，旁邊還有個烏雲圖案，便拉了拉領口，在《瞬間看地球》背

景音樂的伴奏下踏入洗手間，緩慢地梳洗。

　　他刻意避開八時半快餐店的高峰時間，待九時才出門，免得跟上班的人潮碰個正着。大廈升降機半刻鐘前仍然忙着上落，把住客從他們各自的夢裏運輸到生活的地方。如今機器裏只有阿明和升降機門上他折射的倒影。他穿着的衣服印有密麻麻的英文字樣，由於以往很少穿，加上鏡子裏的字母全都左右倒轉過來，叫他一時三刻沒法辨認這些英文生詞。過於耀眼的螢光黃色的運動褲在阿明嶙峋的腿上輕晃着，他並不喜歡這樣高調的顏色，可是妻偏要為他買下來。鮮艷的顏色才有年輕活力的感覺，她那天在大減價的百貨公司對他的老態調侃了一番，便拿起螢光色球褲前往收銀處付款。

　　踏出大堂時他差點沒被升降機和大堂地板的高度差距給絆倒。這部老爺升降機經常出現這樣的毛病，抵達樓層時微微下陷，地板與樓層最誇張能相距一個梯級的高度，不經意便會被絆倒。住戶向管理處投訴，技工進行維修後好了一陣子又故態復萌，於是業主也沒有心思再追討些甚麼。住在這個城市裏我們都太疲累，阿明心想，對於居住在這裏的許多人而言，家不過是一個固定的休息之所，在此逗留的時間並不比辦公室多，更不比辦公室裏的自己清醒。買下或租下單位以後，許多生活瑣碎的事情還是得學會將就，業主立案法團不過是律師頭上的假髮，展示給別人看的幌子。這是阿明多年的工作經驗給他帶來的啟示，可惜他沒法把這套生活哲學袒露客戶面前。他目光

直直的向前，避免望向管理處，懶得跟那個終日在收聽電台節目《十八樓C座》的老保安寒暄。踏出大廈時他回眸一看，想像兩小時前，妻也曾經匆匆踢着高跟鞋走過此處，或許她現在正在工作的地方想起了我吧？阿明想到妻子向顧客展示着笑容，多年來還是那麼甜美，那麼嫵媚，嘴角便不禁上揚。

像往常一樣，他走往地鐵站附近的快餐店。上班的人不少已經散去，取餐處再沒有長長的等待外賣的隊伍。以橙色作為主題顏色的快餐店裏，只寥寥落落坐着些老人。阿明像往日一樣購買了最便宜的超值餐——火腿通粉、多士和烚蛋，並奉送一杯飲料。今早醒來喉嚨乾乾的，大概是有點上火，於是他在收銀櫃枱前糾結了一會兒，想着是否該放棄有提神作用的即磨咖啡。戴着橙帽子的收銀員手指在顯示屏上方，擱在半空等待他的答案。即使戴着口罩，阿明還是能夠從她的眼神裏看到友善的目光。

他想起十多年前的沙士，那段樓價異常低迷的時期，話筒裏頭的同事語氣激動，叫阿明不要「搵命搏」，他那天第一次掛上同事的來電，合上諾基亞手機的蓋，戴上口罩便一意孤行乘搭巴士前往九龍灣。那時他居住的地區仍未被市建局收購重建，坐在巴士上層觀看舊區別有一番味道。口罩縫中滲出的熱氣把阿明的鏡片染了層薄薄的霞，以朦朧的視野觀察寥落的路人，他們都戴着口罩，阿明試着憑他們僅露出的雙眼來判斷他們的情緒。市面上很多店鋪都關了閘，好有農曆新年門可羅雀

的境況，這讓那時已屆中年的他感到隱隱的不安。他顫顫的在淘大花園下車，與幾個趁低吸納的買家接洽、睇樓，參觀因恐慌性拋售而丟空的二手樓宇。過程中他渴望擁有一雙透視眼，穿越一片片淺藍色的阻隔，準確看到買家參觀樓宇時嘴角的弧度。他猶記得簽妥合約後，自己三步作兩步走進商場的洗手間，把手掌放在洗手盆的鏡子下試探，讓肥皂不斷流瀉而出，然後在手掌、指縫間猛力揉着搓着，嚴格跟從政府宣傳短片裏的步驟，在水龍頭下沙沙沖洗了好幾分鐘。白茫茫的泡沫堵塞洗手盆的去水口，阿明再洗一把臉，盯着泡泡逐漸稀釋，隨着洞口小小的漩渦消逝。

　　他想喝得清淡一點，從今天起他的生活再不需要那麼清醒，飲料的選擇大概是一種生活態度的取捨。他選擇了熱檸水。廿四蚊，收銀員隔着口罩說，阿明能夠從她的眸子和淡淡的眼影裏看到正面的態度。以眼睛判斷人的情緒是他從沙士期間練就而成的技能。她禮貌的語氣讓阿明感到有點腼腆，可是他不忘從零錢包裏掏出一個十元大餅，五元和兩元硬幣各兩個，把壓在褲袋裏整整兩天還未有機會卸下的重量一併放進她的掌心裏。看着她俐落地把硬幣分類放入抽屜三個不同的間隔，阿明感到稱心滿意。

　　沙士帶來第一筆生意以後，阿明壯大了膽子，決定日後不循正軌尋找買家。於是他看準疫症和經濟危機，有段日子甚至鑽研凶宅的買賣，讓年度大會顯示屏上屬於他的那根折線棒遠

超他那些只求底薪不求業績的冗員同事。阿明用刀背刮出一塊牛油，均勻塗上多士的兩面，想到自己曾經輝煌的業績，舌頭未嘗早餐卻已泛起一陣淡淡的甘甜。他把油膩的餐刀打豎，用刀鋒刮去多士焦黑的邊兒，深褐色的麵包皮屑在潔白的碟子上堆疊。對於明天，阿明沒有甚麼宏大的打算，甚至不知道吃過這頓早餐後他能做些甚麼，讓午餐到來之前感到飢餓，然後繼續進食。他不像那些渴望退休生活充實豐盛的人，更不相信電視廣告宣稱的一百二十歲壽命的謊言。

　　他吃過通粉，讓焓蛋留在餐盤上，使餐盤不被收取，成為消磨時間的藉口。他又取了兩杯暖水，水杯配合快餐店的主題，也是亮橙色的。水在杯子裏浮蕩，染成桌面上一襲更大的橙紅色彩。待檸檬水差不多喝完時，阿明便把暖水倒進杯子裏，不斷重複喝檸水的循環。添了飲料，也為自己添了多點時間。這樣的小便宜往往讓阿明感到沾沾自喜。他欣賞自己的取巧。「執生」和「食腦」是做地產必須有的本錢，昨天早上他最後一次握着麥克風，對教室裏的新學員說。看着講台下的年輕人，有的臉上掛着懶相，有的戴着口罩打算掩人耳目，有的佯裝專注積極，可是發問提出的問題卻把他們因循守舊的思想表露無遺。你們這班新仔拍馬都追不上我，他心裏想，一邊想像自己是站在高台上的獅子王，俯視一群愚昧的小獸。

　　經過連番的晉升，阿明不必再站在一手盤外的大街吸納廢氣，用軟乎乎的文件套充當扇子撥走暑熱。成為地產大學

堂裏的導師後，阿明每天只需回到總部的教室，把麥克風接駁電源，開啟一個個教授搵客技巧的簡報。裏面蘊藏了阿明的工作經驗積累而成的觀察，把心理學糅合樓盤推銷，再用生動的例子活現新丁眼前。假使得知買家的預算是一個約二百萬的單位，那麼必先讓他參觀一所過於奢華的五百萬單位，這單位買家當然買不起的，作用只是令買家心裏明白自己沒法攀比這樣的生活素質。繼而需要參觀一所近二百萬的廉價單位，單位必須顯得殘舊破爛，這單位其實也不是讓買家購買的，作用只是襯托稍後參觀的第三所房子。第三所房子應該窗明几淨，空間雖小卻要顯出氣派和生活格調，在首兩個單位的對比下，買家一般更願意購買這樣一個中庸的單位，價格稍微高於預算也是可行的。看見席上有年輕人露出讚歎佩服的目光，即使教學內容每星期不斷重複，阿明還是有動力繼續說下去：地產經紀的手提包裏必須放着些甚麼？他提高了腔調，提示那個坐在教室前戴着口罩打盹的學生識趣醒來，卻見他的頭顱沉得更深。名片？有學生踴躍回應。不是。地產牌照？不是。公司約章？都不是。是玩具和糖果。席上的新丁露出不可思議的神情，阿明刻意製造懸念，久久才解釋答案。知道為甚麼嗎？阿明走到打盹的學員旁邊，再次扯高了嗓門。見席間傳來竊竊細語，他才作出解釋——很多家長礙於不能獨留兒童在家，只好把孩子一同帶來睇樓，這種情況下，你們的老細再不只有一個，而是兩個。參觀過程中，萬一小老闆不耐煩鬧情緒，這次的路程大概

就砸了。因此，阿明指着簡報上從互聯網下載的糖果照片，嚴肅地聲明：你們必須先把小老闆哄得貼貼服服，大老闆才能安心巡視樓宇。

　　烚蛋放久了便不再溫熱。阿明把它捧在手中，向餐盤施壓，蛋殼表面即時浮現斑駁複雜的裂紋。他把碎殼掀開，剝落，然後堆疊在焦黑的麵包屑旁邊。兩個橙色杯子空蕩蕩的，在落地窗外的陽光照射下，杯緣正發着亮。這種亮橙色大概是妻所言的年輕活力的顏色，他對此不以為然。快餐店選用這種鮮艷的色彩無非想得到路人的注目，可是阿明一般不會約顧客在這種光亮的餐廳會面和簽約。明亮的室內環境使人清醒，紅色系更讓人焦躁，不適合進行游說。因此他往往會選擇昏暗的咖啡廳。阿明心裏清楚，從今天起他不需要得到注目，他應該徹底遺忘口罩上那雙殷切的目光。樓房於他而言，僅是一個休息的地方。他不需介懷樓宇維修、樓齡有多長、管理費是否漲了價、升降機下陷的問題甚麼時候才能徹底修正。唯一的抱怨，恐怕是市區重建計劃的範圍在他鄰旁的大廈截住了，使他如今除了電鑽的聲音，甚麼也沒有得到。取巧了大半輩子，面對自家實實在在的問題時，阿明卻感到束手無策。

　　桌上的檸水經過兩次的沖洗，已經變得很稀，喝下去只有淡淡的酸，彷彿是一種久遠的味道。臨近正午，快餐店前來用餐的長者逐漸多了。阿明一如以往，把背包擱在自己斜對面的位置。他知道四人座位這樣的佈置一般叫人不想接近。與陌

生人共餐，不論並肩坐着還是面對面坐着，都容易讓人感到不適。阿明卻見一位老伯，戴着一個反轉了的口罩，抖抖的握着一個冒煙的橙色杯子，沒有惠顧任何食物，顫顫的坐在阿明的正前方。他對此感到不安，在這場心理戰中他徹底落敗，唯有站起來準備離去。推開門，踏出街道，藉着明淨的落地玻璃，阿明看見老伯站起來，把一疊報紙往斜對面的空座位一拋。再坐下，把口罩拉往下巴，手指抖抖的伸進黑洞似的嘴巴。

　　阿明看得有點恍惚，橙色杯子把強烈的光朝他的方向折射。直至他恢復視力時，只見水杯裏盛着一排牙齒，在冒着氤氳的白開水中載浮載沉。水變得渾濁起來，浮游物在橙色的器皿中蔓生。老伯把口罩重新牽上鼻樑，仍然反轉了而不自知。隔着一片白色的遮擋，阿明隱約看見他上揚的嘴角。

肥皂夢

你今天沒有跟上山來。

除了一臉疲憊，夜歸的父親偶爾還會蕩着茉莉花香氣。他身上脫下的駱駝色外套，母親把靈敏的鼻子湊上去，卻又沒嗅出香水的味道。我便悄悄想像，父親中年的身體赤條條的沉浸在一片花海之中，橫躺在綻開的茉莉花叢。那是一個白茫茫的景象，魁梧的父親在茉莉花的映襯下，變得很小，很小，就像是一盆肥皂泡裏的塵埃。

我沒有把這種荒誕的聯想，和那天你的來電，告訴母親。

昨晚，你踏進禮堂，朝我們鞠躬。你很年輕，帶着一張遙遠的面容，一種幾近漠然的神態，選了一個離我們很遠的位置，坐下。你在昏暗的角落裏，在蒼白的花牌映襯下，靜靜的黯淡下去。你反覆把弄手中的吉儀，小小的白信封摺疊又舒展，彷彿做着甚麼艱難的決定。你站起，又跌坐回原來的位置，好像有一堵無形的牆，把你和禮堂裏的其他來賓切割開來。我正想上前確認你的聲音，是否電話裏頭，那個帶着莫名

傷感的哽咽女子時，禮堂忽然墜入漆黑。

火光與煙幕散去，多塊瓦片被擊碎了。你的椅子卻空着，在花牌的陰影下，等待被遺忘。

＊　　＊　　＊

她知道，她只是個浴室裏的人。

花灑密集的蓮蓬孔噴出水柱，她站在下方，張着嘴巴，承托水，然後哭泣。哭泣時她沒有發出半點聲響，淚就那樣不爭氣地，悄悄地淌下來，年輕的臉滿滿是流水。這是她記憶以來，第一次洗澡時哭泣。假如是往日，她必會抿着嘴唇，免得及肩的長髮滴水，使眼睛澀澀的。口中的溫熱也不至於溢出體外，隨蒸氣消散。

她清楚知道，浴室是個隱私的地方，就像她的存在。淋浴間由幾格地磚拼湊而成，根本容不下另一個人，除了他。想起他，熱水頃刻為她腦袋注入許多似曾相識的影像，她是如此渴望擁抱它們，擁抱他，那個出現在浴室迷濛的水氣中，不再年輕的軀體。

渴望他一如以往，悄悄敞開浴屏，走進她的禁地。

他們不必對話，任由水聲填塞沉默，那是他和她建立的一種共識。他因發福而稍微隆起的腹部，抵住她腰肢後方微陷的位置，像一塊丟失已久的拼圖復歸原位。然後他伸出粗糙的手，從後環抱着她。浴室氤氳着茉莉花香，還有一陣陣觸電般

的微痛。過程中她往往會失神想像，她置身一壺沸騰的茉莉花茶，茶香從小小的壺嘴擴散，舒緩神經。

偶爾她會想到父親。

說是父親並不恰當，那不過來自她的想像，一個隨成長多番修正的父親形象。父親大概是個身材魁梧的男人，臉龐方方正正的，架上一副金絲鏡，一臉的儒雅。這是她小時候觀察姑母方正的臉，然後組織出來的面貌。

那個名為父親的男人以行船為生。他把她帶到這個世上，很快又在一次海難裏離去。這麼魁梧的中年漢，在廣袤的海裏原來會變得渺小。她時常想，父親在海上漂浮多年的厚實的四肢，還未來得及踏上陸地，便被打碎成泡沫似的輕盈的物質，在水的漩渦裏慢慢打圈，最終被扯向一個漆黑的國度。他的軀體和面孔，還有她應當享有的、來自他的關懷和愛，從此沉沒在浩瀚的海裏。

她的母親，她依稀記得，在父親消失後的日子裏，邀了一個皮膚白皙、額頭長期冒汗的年輕男子回家。母親後來把她帶到姑母的家。姑母居住的地方狹窄，廚房睡房幾乎分佔着同一塊地。那個黃昏，鐵閘狠狠關上，母親在鐵片的迴盪中遠去，自此在她的生命徹底消失。除了一封信，母親沒有為她留下些甚麼。

這些年來，她反覆做着同一樣的夢——水把她簇擁，好像在現實的游泳池裏，撩撥四肢游動。只是夢裏的水很清澈，

會透光，沒有半點雜質。陽光灑落水面的時候，她感到自己的前額和臉隨之閃耀着。她不必間歇回到水面，放寬鼻腔換氣。她能夠在那裏感受到緩慢與安寧，喧囂的日常變得遙遠。身下似有一隻寬大的手，托起一個很大很大的皂泡，她就置身皂泡之內。她知道她能安心逗留在這個偌大的球狀體，讓水把她滋養。夢裏，她放寬四肢，自由漂浮。

可是她偶爾會想起父親，那個讓水奪去生命的人。她心生罪咎，於是開始抵抗水壓，轉動身體，像臨盆的胎兒在母體裏翻動，頭向下擺。她撥動肢體，努力往下潛游，盼望從海床找到一副遺骸，一副方正的男性頭顱骨。

但她很快便察覺，前往水深處的阻力太大。

水漸漸變得不再清澈。不明的雜質浮游着，世界變得混沌無光。夢裏的她知道，這種執着的尋找只會把年輕的她同樣淹死，這會摧毀一個美夢。她渴望折返，於是她看到一串串的肥皂泡及時從身下冒起，騰升，像燒水時，茶壺內壁升騰的水珠。她嗅到一陣茉莉花香。皂泡把她承托，像動畫裏的情景。她在皂泡的推擁下，很快回到安全的水域，那個水質清澈的地方。她沐浴在一片白泡之中，享受被簇擁的安全感，她不知道這些釋出善意的白泡沫，到底真是肥皂泡，還是盛開的茉莉花。

直至白泡沫爆破，她的夢也悄然消逝。

她不了解夢的寓意，但她喜歡做夢的經歷。時間在夢中拉得綿長，重視體驗而忽略終點。在那裏，任何虛妄的事情也可

能發生。當她把她的過去和一切有關夢的聯想告訴他的時候，他們正在海旁吹風。這是他們罕有的一次戶外交談，夜裏空氣竟不帶着水氣，事後的他們縱然疲憊，神智卻很清醒。她輕輕靠上他的肩膀時，嗅到他們肌膚上留下的，茉莉花香皂的味道。因時間而稀釋得淡淡的，像他的眼神。他幾近漠然的眼正注視着彼岸，那個名叫「對面海」的地方。「對面海」不過是個相對的概念，視乎我們的踏足點在哪裏。至少她知道，他是屬於彼岸的，自己才是那個「對面海」的人。

　　彼岸的那個世界，白天因為城市的規律顯得索然無味，唯有在漆黑的夜，方顯得燈火輝煌，溫暖和值得依靠，這是他認為的。這樣的想法大概因為海的那頭有着他的家庭，他的妻和兒子。她在他耳邊分享的語句，他都一一聽了。有關她的夢，她的父親、母親和姑母。可是那畢竟屬於過去。而過去，在他看來畢竟已是過去。在他心裏，那些逝去的像碎屑般的情緒，與現在是無干的。

　　他想拿捏出一種長輩的語調，跟眼前喋喋不休的她說出這番老實說話。然而他看見，剛才還在眼前的渡輪，如今已經停靠在對岸的北角碼頭了。船在浪中浮沉幾許，終究還是被一根粗糙帶絲的麻繩懸在岸邊的石柱上，限制水上漂浮的自由。就這樣，船停泊了，一切顯得那麼簡單，那麼兒戲。

　　上了年紀的人，像他，漸漸察覺到生活的原貌就是這樣兒戲。生活落入一種重複的沉悶的套路。他甚至感到身體的某一

處，也延伸出一條麻繩，把他捆在對岸一個固定的位置。燈下眨着長長睫毛的她，沒錯是很年輕，可是她終究還是會隨着時間，學習收斂自己的句子，變得像他家裏的女人般沉默。在他扭開門鎖的時候，看見她斜躺沙發上，手握遙控器，讓一套套沉悶的肥皂劇在電視螢幕飛掠而過。大概她也會像她一樣，不避諱地交叉雙腿擱上沙發前的茶几，緊緊抿着兩片唇。她們的唇都會因疏於妝扮而顯得暗紅發紫，讓人再沒有吻上去的慾望。

海濱公園的路燈孤獨地立着。他的金屬鏡框折射出淺淺的橘色，耀眼如他銀亮的髮。她知道他正陷入沉思，於是在她述說夢裏有泡沫把她帶回清澈的水域時，她便停住，故事就這樣無疾而終。他們靜靜的並肩坐着，她不敢直視這時嚴肅如父的他，也沒法追溯，她眼角泛過的亮光到底來自他的眸子還是他的鏡框。她打了個飽嗝，在寧靜的海旁顯得很響亮，她有點尷尬，連忙掩着嘴巴。嘴裏困住的滿滿是海鮮味杯麵的鹹，還有海水的腥鹹，她感到喉嚨有點乾涸。沉默繼續在他們之間發酵。

他想問她，你渴望得到的，到底是一個父親還是情人。可是他還是選擇沉默，一個世故的人如他應該保持的沉默。他是應當老練和穩重的，至少在這個足以把他嚷作爸爸的年輕女子面前。

她知道，他想起他彼岸的家庭。她甚至聯想到一些陳套的肥皂劇橋段，他中年的妻和就讀高中的兒子正帶着誇張的望遠鏡，從沒法預知的方向，或許是欄杆或樹叢後面，窺探着他和

她。他們會藉由他和她說話的表情去揣測話語內容，並量度他們的身體距離。她刻意裝出一臉漠然，說話時聲線放得很輕，像她日常遵循顧客在櫥窗前比劃的手，謹慎地敞開櫥窗，從後取出指定款式的香皂，動作放得很輕。她會把香皂放進精緻的褐色紙袋，再用印有公司品牌的貼紙糊上袋口，連同找續遞上，輕聲說句多謝光臨。

她很自然便想到肥皂劇。她不知道肥皂劇名字的由來，但覺得它大抵與肥皂有抹不開的關係。大概每個人都有年少輕狂的時候，總會產生一點虛妄的錯覺，認為世界正朝着自己轉動，像她偶爾會把渺小的自己想成肥皂劇主角，自我意識像一個肥皂泡不斷膨脹。身邊的偶遇，突然萌芽的緣分就如那些劇集中途加插的角色。他們都像泡沫圍繞着自己，上演一齣齣相聚與離別的套路，直至它們逐一爆破，或隱退到器皿的邊緣，消失於她的生命裏，他們的戲份便徹底完結。肥皂劇可以是連貫的，也可分拆成許多個獨立單元，觀眾從任何一集看起，也不會有礙理解劇情。每集都上演着一樣的衝突，重複犯着一樣的錯誤，最後往往能化解危機。

猶記得那夜的海很黑，颼颼的海風拂過水面，深邃得叫人發寒。那些對岸的高樓大廈，燈飾閃現時海面也倒出一樣的光芒，粼粼波光中顯得時而平靜，時而洶湧。浪花偶爾帶着來自對岸的光，拍打他和她身下的礁石，她幻想父親潛伏在海的深處，竊聽她和他疏落的對話。

　　不知道這跟她多年的夢是否有關，她喜歡水，喜歡它潤澤萬物的柔和特質。有時她會想，假使世上沒有水，就沒有肥皂，沒有肥皂大抵就不會有她。於是夢中那一幕白茫茫的、散發茉莉花香的肥皂泡，不但是一個夢，更似是對她命運的預言。她喜歡猜謎，對於玄妙的東西如夢永遠抱着好奇。當她急於分享她的想法時，他正赤身踏出浴室，浴巾濡濡濕濕的圍在腰間，在浴室漫出的霧氣中蕩着茉莉花香，一邊輕快地哼着民謠，好一朵美麗的茉莉花，沒有搭理她的話。她覺得好氣又好笑。讓我來將你摘下，送給別人家，茉莉花呀茉莉花——他踏着輕盈舞步，在她面前繞圈，一臉的風騷與陶醉，這是從沉實的他身上難得一見的。唱到「將你摘下」時，還用指頭指向她，卻差點沒被自己的腿絆倒。她忍不住噗地笑了。

　　她愛使用肥皂，大概因為她喜歡不能永久存放，慢慢耗盡以致變形，最終徹底消失的東西。仍記起兒時，當別的同學驕傲地握着圓珠筆，翻開練習本畫出一道道藍色的弧時，她仍捨不得放下那根削得短短的鉛筆。她不愛讀書，可是筆桿上殘缺的字體一如器皿上的容量指標，量度她過去的努力。她更愛橡皮擦，學期初光滑的白色方塊，在畢業那天頓成髒髒的灰色顆粒。那時同學都取笑她古板，說她拿着橡皮擦，用力把工作紙擦皺或擦破的樣子很滑稽，他們都垂青圓珠筆和刺鼻的改錯液。今天沐浴露和皂液大行其道，她想，願意親臨她的店，購買一塊散發花香的、切割成心形的貴價肥皂的人，大概只有一

兩個疼愛皮膚的婦人，或疼愛女人身體的男人。

　　因此那天，當髮如霜雪的他，披着一件駱駝色外套，頸脖繞着淡灰色頸巾首次踏足她工作的店鋪時，她為此感到些許驚愕。那是個乍暖還寒的二月初，情人節前夕，他從店裏購了兩片節日限定的心形肥皂，便抽着小紙袋滿意地離去。那時她沒有想過，家中浴室擱着的那塊茉莉花香味的肥皂，會在他微隆的腹部擦出皂泡，然後遇水，清洗她身上的罪孽。

　　他曾站在這個位置，承受蓮蓬頭下瀉的水流，咬着她的耳珠，悄悄説些叫她興奮的短句。他習慣沉默的聲線雖然低沉，還帶點沙啞，但在浴室的水管蕩起來，便是一則溫馨的廣播。她任由他覆蓋她的身體，如夢裏的皂泡把她擁着。只要這聲音不會混入污水，流向大海，讓遠在彼岸的他的妻兒聽見，她便能繼續享受那隻浸染人生況味的手掌，摩挲她身體時帶來的快感。氤氳中，她把頭擱在他肩膀上，像一個向父親撒嬌的女孩，盡情享用父親的呵護，感受父親帶來的溫暖和承諾。他的手溜到她的腰背，臀部上方，脊椎微微陷入的輪廓，觸摸上來像極了一個圓圓的凹陷的肥皂架。隱約觸到的脊骨，就像是讓皂水流去的坑紋。

　　蒸氣把浴室染得一片茫白，但她還是清楚看見，那個微陷的肥皂架上，擱着一片完整的光滑的肥皂。肥皂表面的品牌貼紙仍未撕去，水氣為渾圓的表面添上一層亮光。

　　如今想來，浴室裏飄飄欲仙的迷霧，不過是稍縱而逝的風

景。當浴室的門敞開,排氣扇呼呼抽入外來的風,淋浴便該停
止。肥皂開始它變薄和縮小的過程。未沖去的泡沫,凝在肥皂
的表面風乾,添了一層斑駁的白色霉點。

　　水在她臉上流淌,她張着嘴巴,舌面上濺起的都是清冽的
水,沒有半點鹹味,水稀釋了她的淚,再稀釋了她的情緒。洗
澡讓她不再感到過於悲傷,彷彿這個每天一次的程序,是一場
洗禮,一個沖洗往事的隱喻。現在她只有一股強烈的渴望。她
渴望水能把她整個身體包圍,讓她能夠自由無拘束地,浮蕩於
那個時間和空間感都顯得薄弱的夢境。她渴望自己是一塊沾濕
了的肥皂,一溜手便在淋浴間地上滑行,像歡樂天地裏缺乏摩
擦力的氣墊球,在有限的空間裏自由航行,躲避手掌、命運的
播弄與追捕。

　　她心裏明白,他沒能給她承諾。他認識她的時候,他已經
歷他的大半輩子。或許在他的肥皂劇裏,她不過是大結局前那
個橋段有點牽強的小波瀾裏,一個觀眾叫不出名字的臨時演員。

　　偶爾在下班時段,他會前來,在她另一位同事面前,以父
親的名義把她從香薰瀰漫的名牌香皂店帶走。他們回到她獨住
的居所,說一些親密的話,進行一些親密的行為,然後隨意在
家中煮兩個杯麵充當晚餐。他回到彼岸的家,會悄悄發一個短
訊來報平安。螢幕上跌出他的訊息時,坐在床上掃閱手機的她
便感到滿足。你太太喜歡你送的 heart to heart 限量版肥皂嗎?
她在信息後方附上一個調皮吐舌的表情符號。你説呢?他不習

慣使用表情符號，她亦逐漸習慣這種溝通模式。表情符號的匱乏，令他簡潔的句子在她腦海產生多於一種詮釋方法，因為語調的差異而存在不同可能性。她總是被自己的聯想逗樂。有時她回了句晚安，慵懶地側躺床上，便想像他燈光熄滅的漆黑的房間。被單下，他的妻用手肘有意無意輕碰他的手臂，作出一些暗示。見他沒有反應，憤憤然半撐起身子一看，疲累的他已合上眼簾，扯着有點老態的嗓門，打着鼻鼾。夢裏，他或許仍在她的浴室。

她盼望自己是一塊肥皂，一塊茉莉花香味的肥皂。茉莉花喜歡溫濕的環境，不耐乾燥。植物是沉默的，可是她相信植物擁有它們的心意，只是不會溢於言表。或濃烈，或清淡，像它們散發出來的味道。

店裏沒有顧客時，她站在櫃枱前，盯着櫥窗裏整齊排列的多種顏色的肥皂看得出神，便會萌生這一切想像。在擁有英文品牌的店裏，肥皂顯得那麼貴態，那麼高尚和嬌縱。它們被切割成精緻的糕點形狀，花朵形狀，或圓潤光滑的球體，在尚未磨蝕的一天，以健康和青春的姿態示人。壽命雖短，但要活得燦爛，這是肥皂和她的工作為她帶來的啓示。

對於婚姻，對於未來，她從來不敢抱有不切實際的期待，儘管這些年來，年屆七旬的姑母還是有心力為她安排相親活動。兩個陌生人在昏暗的餐廳坐上兩小時叫她感到彆扭。很多時，她都會以疲累和忙碌作藉口搪塞過去。

　　最後一次相親活動是在半年前結束的。她預早來到了約定的咖啡廳，面向落地窗外的行人路坐着。傍晚的天色暗淡下來，路燈悄然亮起，咖啡廳的燈光很白很亮，她從玻璃窗上輕易瞥見自己施了點脂粉的臉。推門進來的是位皮膚蒼白的年輕人，氣喘呼呼的，彷彿在追趕些甚麼，額角滲着年輕的汗珠。她想起童年時，母親帶回家裏住，明明很年輕卻要把他喚作叔叔的那個男子。

　　約會在她的泡沫咖啡仍喝剩半杯時終止。她藉詞有要事離去，推開咖啡廳的門，腦裏晃過姑母家的鐵閘外，母親離去時撒下走廊的頎長的影子。

　　自此以後，她再沒有出席任何相親約會。

　　她時常想，一旦有天他患上腦退化，是否會把她連同他那疊時刻提起的書信徹底忘記。「要是你忘記了我，卻牢牢記住你那些陳年的肉麻情信，我會好難堪。」她勾住他的臂彎，嬌嗔地說。她期望他會抽身，擺出一個納罕的表情，說些否認的話，至少也得哄哄她。

　　他只是沉默，良久回應了一句：「很難說。」

　　她的視野朦朧了，床上的攬枕打散成幾層複像，她感到隱隱的不安，彷彿一尾魚錯誤躍上了陸地，在一個明知沒法生存的空間苟且偷生。她不會明白，像他這樣一個遠離壯年的人，生命早被磨蝕得不成形，心裏再沒法承擔過多的愛。他不知道，他應否在她面前承認自己的軟弱。這個年紀的男人，大多

心裏都跟他一樣，盛着的只有過去稀釋的傷痛，其餘的便是對明天的茫然。故此，在他簡潔的短訊裏，總會反覆出現一些觸怒她的字眼。對於她的邀約，疲憊的他只回一句「再說吧」，因為生活滿滿是沒法預料的變化。對於她的試探，他會反問一句「你說呢？」，其實是疲於作出解釋。因此，當她摟住他的臂彎，小女孩般依偎他的肩膀時，他只好誠實說一句：「很難說。」他沒法再承諾甚麼。他不想傷害她。儘管他知道，她在默默淌淚。

　　他想起那夜，那艘停泊岸邊的船。船被繩索勒着，停在原地，只能隨着海浪微微起伏。

　　她卻把他語氣裏的不確定，錯誤詮釋為他對她的失望，然後追溯自己的匱乏，例如廚藝。有次姑母忙於燒飯煮菜，吩咐仍是小學生的她把檸檬切片，卻弄得尾指受傷了，差點還割去了指頭上的肉，自此她對利器敬而遠之。成長以後，三餐也是在外解決，家裏小小的廚房整潔得沒有半點油漬。那時姑母每天都在爐火前，握着油在熱烘烘的鑊上繞兩圈，火舌瞬間冒起，彷彿要舔姑母的臉。她總躲在房間裏，逃避油煙與火。她厭惡火的剛烈。後來姑母帶她往廟街算命，通紅如火的帳幕教她感到不安。算命師的話她大多不以為然，最深刻的一句卻是說她生於盛夏，是餓水命，多接觸水有利發展。

　　那時她才剛知道，她的父親是在水中溺死的。她並不知道，生於冬天、餓火命的姑母每天勤於烹飪是否基於命理之說。

　　姑母拿開那個沾血的檸檬，為她的小指黏上膠布時，說你

這麼皮薄怎能成大事呢。女人讀書不必聰明，倒是要學會煮一手好菜，食物能留住男人的胃，自然能留住他的心，你懂嗎？她沉湎於指頭的痛楚，沒有回應，腦海裏閃現她那肥胖得不見脖子的姑父。她並不渴望擁有這樣的一個丈夫。因此相比姑母，她選擇相信算命師的話，遠離火源。

後來她便做着那些水中漫游的夢。

想到火，她渾身一顫，手裏的花灑摔到淋浴間的地上。熱水像噴泉一樣朝她的臉上撲。一層層的水搗碎她的視野，濡濕下垂的長髮掩住了半張臉，她沒法看清前方。像瞎子一樣，她雙手沿着噴湧的水源摸去，才撿回花灑。

過熱的水像火。她把水龍頭的控制桿向右推移。微涼的水讓她稍稍冷靜下來。

他和她在疲憊中靜默了三分鐘，才掀開杯麵紙蓋。紙蓋的底部是銀亮色的，佈滿沸騰的水珠，像淋浴間屏風上的露水。杯麵湧出熱氣把他的鏡片染了霞氣，她試探地問了一句，你心中的理想伴侶需要具備甚麼條件？他想起家中的妻，便樂呵呵地答了一句：入得廚房，出得廳堂。

她愛聽他把廚房唸成「除」房，把玩唸成「反」，把「喜歡」一個人唸作「歡喜」一個人。這種古老的粵音給她一種很獨特的年代感。假使坐在她對面的是她的父親，大概他的聲線、語言習慣也會如此。可是她沒有像往日一樣，被他逗笑，只低低垂下頭，剛吹乾了的帶點蓬亂的長髮，像杯裏的麵條，綿綿軟

軟的披落她的雙肩。她默默在想，他家的電飯煲是否預留了一碗屬於他的溫熱的白飯？三分鐘的速食麵終究沒能權當一頓正餐。她比任何人都清楚，這樣的膳食缺乏營養。只見他大口大口吃着，那些三分鐘前仍然乾癟的材料——麵團、葱花、蛋粒和胡蘿蔔碎在發泡膠杯裏迅即浸泡得軟熟，浮蕩於渾濁的湯水表面，然後被急速消耗掉。

　　他大概能夠從她的沉默，意會到他的話讓她難過。他只好重施故技。你知道甚麼是「餅藥」嗎？這是我老家的方言，估中有獎。他當然沒有準備獎品，只是想挑起她的好奇心，讓她分神思考。她搖搖頭，心想那是一種食物，一種味道很苦的，乾燥如餅乾的食物，並且可能有藥用成分。未來得及猜測，他便急於揭曉答案，「餅藥」就是你們説的「番梘」咯！

　　她感到不可思議，為何肥皂會被冠上食物的名字？她想起店裏那一塊塊切餅造型的香皂，前面擱着的介紹牌除了標明產品成分，有的還標榜着「素食者適用」，該香皂的精油只含植物油，沒有蜂蜜等動物成分。剛入職時她對這一切都是一知半解的，對於「素食者」三字更是茫無頭緒。那時她腦海會浮現一個驚慄的畫面：一個赤裸女子口中叼着肥皂，白泡沫從她的嘴角兩邊不住地滲出。

　　那一刻，相比肥皂擁有的食物名字，她更介懷他句子裏的「你們」。這寓意着她在他眼中是異類，他並不屬於這個地方，並不屬於她。她是個來自「對面海」的人。他補充説，這是我們

潮州人的説法。對了，你是哪裏人？

　　南海。她的回應很簡潔，一如短訊裏他的文字，不帶感情色彩，任由對方自行臆測和詮釋。她並沒有回過老家，但她喜歡她故鄉的名字。南海在她的想像裏，是一片廣袤的海洋，一個沒有邊際的溫暖水域。她和他的老家不知相距有多遠，可是水和海洋的聯想成為了它們的共通之處。這讓她的不安稍稍得以舒緩。

　　關於他的故事，她所知其實不多。但她知道，這個年紀的人身上都是故事，彷彿只要把肥皂沾一點水，便能在他身上擦出一齣又一齣的肥皂劇。她聽過他和他的妻相識的過程。那時他是洋行經理，他的妻還未跟他相戀時，只是公司裏一個埋首打字的小文員。那時的辦公室設計很開放，職員之間少有屏風阻隔，少講究個人空間，這方便了經理室裏的他，隔着透明玻璃與她眉目傳情。傾聽時，她腦海拼湊出一些灰色的畫面，飾演男女主角的是粵語殘片的呂奇和蕭芳芳。蕭芳芳的眼睛抽離打字機的鍵盤，往旁邊呂奇的經理室掃視，展現一個嫵媚的笑容。

　　麵吃光了，他仍握着叉子，在湯水裏無聊攪動，彷彿要撈起沉澱杯底的回憶。那時沒有通訊軟件，我只有一部大哥大，可她負擔不起，於是唯有依賴最俗套的書信傳情。他笑説，露出深深的魚尾紋，眼睛像兩尾互相對視的魚。高峰時期一天互換了三四封書信，誇張吧？他總結着説。

　　他的故事，在她看來真如劣質的肥皂劇橋段，落入俗套。

對於文字，對於書信，她從來沒有好感。書信是關乎結束的，是訣別的隱喻，只供日後的自己去沉浸和緬懷。她討厭這種濫情。不過是一疊乏味的紙張，乾燥的秋日裏，更會化成刀刃割破她的皮肉。於是她就像逃避火一樣逃避紙張，她慶幸她的工作不需要接觸這些危險品。

他完成了他的故事，即棄塑膠叉子仍在攪拌。她淺淺一笑。

是的，她的笑容很淺。甚至在時間的推移下，變得越來越薄，像一塊肥皂。她心裏清楚，那些在他身上擦出的皂泡裏，她是缺席的。

掀開杯麵蓋，注水。沸水衝擊僵硬的麵條，把水濺到她的手背時，她都會想到她的生活，一種看似完整，實情是由碎屑拼湊而成的整體。有時她覺得自己在原地踏步，在錯誤的地方，讓錯誤的關係磨蝕她的青春，磨平她追逐生活的稜角。可有時她又渴望能趕上速度，像吃一個杯麵，省下進食時間，使她能追趕上他的生命，拉近他和她的距離。而他，仍愛挖取記憶的殘渣，不時蕩出一臉和藹的水紋。他臉上縱橫的紋理教她想起那個海旁的夜。粼粼水波拂動彼岸的光影，一個上下顛倒的世界向她招着手，引領她越過圍欄，跳入深海，尋找她的父親。

沒錯，是夜。她只適用於夜。他與她走過的路，是他與另一個她曾經走過的。當她雀躍地指着彼岸，利用想像來勾勒美景時，那裏其實是他的家，是他看膩了的風景。

　　浴室裏的肥皂，只剩下薄薄的一小片，擱在肥皂架上凝固。肥皂用久了自然會磨蝕，她明白，店裏的肥皂不管切割得如何精緻，手工再精美，在生活的磨擦下，稜角終究會磨鈍，變成圓圓的一塊缺乏形狀的薄片，如教徒手裏珍而重之的聖餅，一個聖體的隱喻。她變得謹慎，不敢輕舉妄動。她修長的指甲只消稍稍觸碰肥皂，這片脆弱的感情大概便會乾裂，瞬間崩壞，瓦解成屑。她開始改用沐浴露，擠出一掌的份量，然後在身體各處揉出皂泡，沖洗。有些事情不觸碰可能更好。她選擇讓沉默凝固在時間裏。

　　薄薄的肥皂乾裂時，她會把蓮蓬頭調向肥皂架，讓水流噴出它的光澤，恢復短暫青春。忘了是多少天以前，他離開她的家，她察覺到他遺留了一些存在的痕跡。那夜，浴室瀰漫的溫濕褪去，她從鏡子裏看見自己滿足的疲態。她關掉排氣扇，看見肥皂上黏附着一條鬈曲的毛髮，銀白色的。從那天起，她再沒有觸碰那塊肥皂，她渴望一切都能像這根小小的毛髮，讓時間凝固在那永恆的瞬間。或許，這是僅有的，他存在她生命裏的證據。

　　肥皂靜靜擱着，像無人認領的聖體。她這才察覺，其實她渴望收一封信。

　　她在浴室度過棺柩火化的時辰。水持續噴湧，彷彿要把她的生命撲滅成灰燼。她閉上眼，回到那個夢，可是她發覺，自己漸漸忘記了腦裏那個稱為父親的面孔。她睜開眼，白茫茫

的淋浴間裏，屏風隱約浮現她和他曾用手指寫下的，他們的名字。這樣虛無的印記，穿越了時間，經過薰陶再一次映入她的眼簾。屏風不斷有霧水朝縱向的軌跡滑落，露珠只有一顆的時候，滑行速度很慢，途中一旦撞上另一顆水珠，便會因相擁而急速墜落，繼而跌入污水灘子裏。

這刻，他的軀體大概已遭到火舌的舔舐，如他曾舔舐她的身體。

有火的地方你應當迴避。算命師如是説。

她在他和她的名字旁邊，畫上一個簡陋的笑臉。笑臉的眼睛，那兩點指印迅速淌出了淚痕。肥皂架上，那條擺脱了根的毛髮，潮濕中再次擺脱它暫住的根，她的肥皂。他的最後一根毛髮乘水流滑落，墜入排水口小小的漩渦，捲走了。

肥皂的碎片逐一瓦解，在她心頭上融化。她知道，瀰漫浴室的茉莉花香，終將在一場儀式後徹底消散。

靜 好 的 時 光

沒待鐘聲響起，靜已拔腿走出教室，在走廊奔跑起來。

教室與洗手間之間，尚有三個教室的距離，由一條走廊貫穿。此時走廊被晨光照得亮白。她一身素白的校服，在潔白的陽光裏飄蕩，裙襬像一張被揚起的桌布，白得反照出刺眼的光暈，她黑黝黝的皮膚好像顯得更光亮了。大抵因為強光把黑板照得反光，途經的幾所教室，窗簾都是合攏的，省得要靜去應付那些探問的頭和好奇的眼光。一如以往，靜奔入女廁，那個最內的廁格，未來得及關上門，橫攔叫人安心的門塞，便逕自屈身，朝馬桶小小的水潭嘔吐起來。酸餿的液體一節一節自深喉擠出，她感到胸口有一股無以名狀的強烈的悸動。

她凝視下方，那些成分複雜的胃液，有點像她早餐吃過的麥皮，可是那其中摻雜的綠，又叫她想起昨夜母親煮的芥蘭。靜一直覺得，芥蘭質地硬梆梆的，微帶苦澀又難消化，她並不喜歡，但父親一向愛口感乾脆的食物，於是面對滿桌不合口味的菜，靜早習慣將就過去，夾一根芥蘭擱在碗邊，以示對母親

廚藝的支持。然而，誰也沒發現她只吃白飯，芥蘭隨逐漸減少的飯而下降，隱沒。放涼的菜最終才送進她勉為其難的嘴裏。

　　靜有點暈眩，也顧不得衛生，就這樣用手支撐馬桶，無力地看着眼下的一片狼藉。渾濁的嘔吐物把雪白的陶瓷壁染污，碎散在每個角落，若隱若現的食物殘渣像零散的肢體，沒法再重新組合，或賦予定義。靜知道，她只消合上廁板，拉下水箱那條懸下來的破敗的繩索，一切酸楚便會被洪水捲走，掀起廁板，又復見一片澄明。可是她失去了拉扯的力量，只能呆站在原地，靜聽頭上排氣扇持續抽着風。她忽然悲傷起來，連連眨眼，剛才嘔吐時溢出的淚仍在眼眶裏來回晃蕩着。

　　守在廁格的時光，她曾不只一次想像過自己從那個排氣扇的洞口溜出去。就像動畫《海底奇兵》裏，牙醫診所的水族箱裏那群仗義的魚類朋友，為着拯救小丑魚 Mo 仔，不惜用魚嘴叼起魚缸底部裝飾用的石塊，逐一扔進濾水器，抵擋高速旋轉的螺旋槳，使其得以逃脫。這一幕深深撼動了電影院裏的靜。那時她仍是初小生，瞪着大眼仰望螢幕，小丑魚身上的條紋把她的臉染得又橙又白。靜沒法相信，那群與主角交情不深的人（該是魚），會為了這初生之犢而以身犯險，她知道這不是現實。後來當母親把她拖出影院，突然的光明襲上了她。靜瞇起眼睛，再睜開時，爆谷甜香中只見動畫的海報立在身旁，身形細小的 Mo 仔被置放海報中央，看起來很龐大，一派歡樂的樣子。後來母親知道靜喜歡《海底奇兵》，便從路邊小攤買來一張動畫的貼

紙，滿滿是 Mo 仔，各種姿態和神情，唯獨沒有靜喜歡的，那隻黏附魚缸內壁的海星。她接過貼紙，嘴角掀出了弧，她想告訴母親她比較喜歡那隻海星，才察覺自己根本想不起那角色的名字。小丑魚才是動畫的主角，而不是魚缸裏的神仙魚、河豚、基圍蝦，還有海星。

然後濾水器停止，魚缸裏的水變得渾濁，像眼下的馬桶。排氣扇依舊呼呼的扯着風。

她想起了欣，班上唯一正視過她的人。欣會樂意協助她逃出校園嗎？像那群水族箱裏的朋友。她大概能想像到，欣聽過她逃學的念頭，眼睛會因驚訝而放大，露出一副不可思議的樣子，像數學課上，欣吵嚷不會計算答案，指頭插進漫溢清香的長髮裏不斷搔，不斷搔。只是她的髮從不會盤纏作一團，總是柔順墜落雙肩，像洗髮水廣告裏的代言人，那般飄逸。靜總是二話不說，逕自奪過她的筆記本，用手中鉛筆，在欣絢麗的筆記本上草草撩出一條顯淺的算式，將題目提供的數字逐一代入，然後計算出答案。當計算機黯淡的顯示屏展示出與答案頁相同的數字時，欣就露出了這樣一個不可思議的神情。她幾乎要把頭磨蹭靜的手臂，像貓一樣地撒嬌，説靜你真聰明，三兩下子便攻陷了這些惱人的算術題。欣隨即奪回筆記本，沿着她的筆跡自個兒做起下一題，她説運算時會選用綠色的圓珠筆，筆蓋懸着一隻卡通吊飾，寫作時一晃一晃的，碰擊筆桿時會發出微弱的聲音。靜只覺礙眼，但她不好管閒事。直至她也能計

算出正確答案，欣便悄悄用橡皮擦拭去筆記本上的鉛筆痕跡，彷彿要維持一切表面上的美觀，潔淨無瑕。靜把這些舉動都看進眼底，只是她沒有多言。

辛苦經營的寂靜，倏忽被小息的鐘聲擊破。靜比誰都更清楚知道，洗手間傳出的鐘聲比校內任何一個位置都要嘹亮。綿長的音樂盡了，餘音仍然未消，像縈繞這空間裏的濕氣，永遠沒法排走。靜支着馬桶的手一抖，感到一股寒意越過袖子，朝手背逐漸漫上臂彎，然後是渾身的微顫，遍身皮膚冒出輪廓分明的疙瘩。

她開始意識到自己剛才的行為過於異常，異常得返回教室後必須承受老師和同學的目光。剛才是英文課，任教的黃老師要求全班同學按照學號，輪流站上講台進行演說，作為本學期的校內評核。靜是29號，當18號的欣完成演說回到座位後，她開始感到有股強烈的氣壓，正步步逼近她扁塌的胸膛。說話是欣的強項，站在講台上伶牙俐齒的，她們補習時一同領取筆記，上面羅列的高頻詞彙，欣背誦過後總能完美地鑲嵌在她的句子之中，組成一篇流麗的講辭。倒是靜張口結舌，她比欣預先準備了講辭，每晚睡前都會敞開衣櫃的門，面對試身鏡子練習起來，期期艾艾，就沒法把獨立的詞語串連成一條流暢的蛇。今天欣的表現一如往常地優異，最後還鋪設了反問句，語調一揚，語音一落，教師桌上的計時器隨即響起，恰到好處得叫人訝異。靜清楚看到，英文科黃老師按停計時器時，嘴角揚

起了滿意的笑容，那張狡黠的狐狸臉更顯幾分嫵媚。她一邊稱讚欣的演說，一邊橫睨着已經站上講台、那嬉皮笑臉的19號男生，訓示他要識相，否則她必會嚴厲追究。欣聽罷黃老師的評語，捏了一額汗，深深呼了口氣，她說自己太緊張，讀錯了兩個詞語，心想這下子糟了，真慶幸老師皇恩大赦。靜默默聽着，只管微笑，心裏數算着還有不足十人便到她了，胸口的擠壓感只覺更強烈。

隨着小息，走廊外蕩起複雜的人聲和笑語，還有異常清晰的，高跟鞋敲擊地板的聲音。靜比誰都更清楚判斷得到，哪個老師穿高跟鞋，哪個老師穿平底鞋，並且懂得從高跟鞋敲擊聲的微妙差別，判斷來者是何人。就像她習慣從廁格裏，藉着地上水窪的倒影判斷洗手盆前的人一樣。此時她知道走廊外的是黃老師，她踏着均勻的步履，朝洗手間的方向邁進。就如往常一樣，靜懼怕她會走進來，從廁格把她抽出，戳破她的安寧，叫她像19號男生一樣，出醜於人前。可是在她的印象裏，儘管她坐在教室第二排，英文課都是在低頭寫筆記中度過的，黃老師和她好像未曾有過眼神交流，不曾讚美，不曾批評，彷彿她不曾存在過。欣卻總愛出風頭，說笑話招惹全班的注視，教靜很不舒服。

走廊外的高跟鞋沒有往洗手間前來，早就叩得老遠，在梯間逐漸消隱，聲音變得遙遠，再徹底消失。靜感到寬心，又隱隱透着不安。她不知道演講最終是否因為她的缺席而戛然而

止，抑或28號同學演說後自然輪到30號同學，好像她的缺席已是常態。這時有女生步入洗手間，正說着哪個韓星的事兒，她連忙關上門，堵上門塞，蓋上廁板然後挽着繩子一拉，洶湧的沖水聲彷彿來自一個遙遠的地方，把她的嘔吐物一併推往一個平靜的國度。

＊　　＊　　＊

鑰匙只旋了一圈，門鎖便卡的開了，靜稍一定神，想到樓下空空的信箱，插入信件的縫反照出大堂的燈光，便知道母親今天提早下了班回家，才安心推門內進。靜慢悠悠俯身，將鞋帶鬆綁，母親正在廚房背向着她，準備晚飯，她用鐵鍋盛了點米，傳出類似沙槌子的聲音，然後是水聲，母親便伸手進內，淘起米來。她如常問靜，今天課堂有趣嗎？功課完成了沒有？彷彿她快將選科的女兒仍是那個從幼稚園的鐵欄後奔出來，捧着一張未乾的廣告彩畫紙，興高采烈跟自己分享校內見聞的靜。靜立在廚房門旁，抿着唇，想回應一點甚麼，又覺徒然，還是回房間擱下書包。

她途經父母的睡房，房門虛掩着，她看見父親穿着一件背心攤臥床上，一條腿拱起，因年邁而鬆弛的小腿肌肉搖搖晃晃的，過寬的褲管揚開了口，很容易便能瞥見更深邃的地方。他瞥見女兒經過，喚了她一聲，似乎也意識到姿態不妥，連忙把拱起的腿擱下。他們的床單有點皺，被子披散在一角，她能聽

出父親的聲線有點閉塞，不怎暢順，大概剛從淺眠中醒來。靜不難想像母親今天提早下班的原因。

自從當上附近市政大廈的夜更保安員起，父親與她好像活在地球的兩端，兩條互不相交的平行線，每天只有晚飯能偶爾撞上彼此。可更多時候他連晚飯也省得在家裏吃，直接由母親把他的那份菜夾進保暖飯壺，裏面疊着兩個不鏽鋼隔層，表層盛菜，下面的盛肉，最底層是大量的白飯。父親愛吃芥蘭和鯇魚。她對此不予置評。芥蘭的外形枯槁不討喜，鯇魚碎骨也多，稍一不慎會刺破嘴唇，教她每吃一口飯，總要神經兮兮的翻遍瓷碗每個角落，生怕有遺漏的碎骨摻和其中，連飯送進嘴裏。可是魚骨呈透明的白，往往隱藏在白飯和瓷碗內壁，有時盯着碗內的蒼白，靜會感到一陣無以名狀的暈眩。她害怕這種光潔無瑕的白。整頓飯下來，她變得更沉默，握着筷子挑着骨，謹慎如一個拆彈專家。倒是父親，隔着小圓桌談論時事，她間或會看見食物殘渣從他的嘴濺出，躍進她的碗裏。靜會把那小撮白飯悄悄夾起，移出碗邊，靜靜擱着放涼。

欣也像父親一樣，愛向她大發偉倫，説時手裏的圓珠筆還狠狠的栽進筆記上，幾乎就要戳破脆弱的油印紙，絢爛的油墨沿粗糙的紙紋暈開。她並不了解，他們的情緒怎會為遠方的世界大事所牽動？生活中最微小的末節已佔據她生命的全部，她沒有餘裕的空間存放宏大的事物。她就像一尾多骨的魚，在浮泛不安的水域裏飄蕩，終日只為躲避那撒出的網，這種無止境

的恐懼便是她的所有。當靜顫顫的站起來，踏出座位，應數學老師的要求在黑板上寫上算式時，她幾乎感到背項那些熾熱的目光輕易刺穿她發燙的頭顱。

她喜歡數學，喜歡沉湎於獨立思考時，那種不必與外界連結的狀態。但那刻，面向黑板的她卻前所未有地渴望成為一隻海星，用身上密麻麻的小吸盤，倚在黑板如倚在魚缸濕滑的內壁，察看屏風後不一樣的風景。食指稍一用力，長長的粉筆便折斷開來，像逃生壁虎的尾巴，那截疏離的筆桿，不經黑板前擱粉筆用的木托攔阻，直接掉到教室地板，發出一聲清脆空洞的碰響。她記得陸運會上，接力棒在賽道滾動時，也會發出這樣空洞的碰響。她總是凝結在看台的一角，沒有參賽，很少離座去洗手間，感受激烈的啦啦隊口號裏住自己。靜凝看跑道上的人，有一種抽離的感覺，心裏感到祥和。一個失神，她將鞋子踏上地上的粉筆，踩個粉碎，地板頓時白花花的。靜還沒計算出答案，心卻慌亂得發麻，雙腿深陷地板裏，動彈不得。教室的窗簾沒有合攏，走廊外的陽光灑進來，將她黑板上寫下的數字染得反光，也照出了黑板因殘舊的花白，揭示無法拭去的痕跡。靜感到一盞鎂光燈，硬要把她聚焦，將一切照得煞白。她回到座位，拳頭舒開，食指沾染着粉筆的白末，乾燥的指紋清晰展現。

靜有種錯覺，認為這些粉末會永遠深刻地烙上她的手，並不能輕易洗滌而去。

　　她想起上月新聞報道的學童跳樓事件，女童所屬的小學正是靜的母校。警方就是用白色粉筆在校門外，那條靜曾經讓保姆攜下校巴，默默走了六年的磚路，框起女童死亡的位置和姿態。那時她正在飯桌前，挑着鯇魚的骨，握着筷子的手凝在半空，未曾如此關注電視螢幕。沒料到父親輕哼一句甚麼，便執起遙控器，轉換成財經頻道，紅綠色交錯的箭咀和數字填塞餘下的晚飯時光。翌日的報章裏，只有一角的小方框報道女童墮樓的消息，小小的照片中，她再看不到粉筆的刮痕，只見那個位置搭起一個綠色帳篷，遮擋好奇的探問。

　　自從父親與市政大廈連上關係，靜很少前往自修室。

　　靜曾想像過父親的工作環境，臆測那是個寧靜的一隅，一個免於被打擾的角落，他只需默默存在於固定的崗位，閒時能讀讀報、看看書，就像市政大廈樓上那些摒除外界滋擾的自修室，將自己的臉埋進一個方格，讓三面屏風圍繞。她曾為此欣羨父親的工作，甚至私下決心日後當個保安員，不但受薪，還能在靜好的環境中度日。可是現實終究與想像背道而馳。那個傍晚下着雨，她為父親送飯。靜提着飯壺，挺着雨傘走來，視野被鏡片上的水珠阻隔，走進市政大廈時畏畏縮縮的。拐進去，就見父親在大堂，手控着升降機敞開的門，另一隻手拂動示意隊伍進入，活像個稱職的指揮員，疏導擠擁的交通。

　　升降機門徐徐合上，父親不忘替訪客按鍵，確保向上的按鈕亮起綠燈，才有左顧右盼的閒暇。靜見父親工作繁忙，本打

算擱下飯壺便離開，卻被他先行瞥見，他微笑上前，做了個輕擦雙掌的動作，寓意工作大功告成。靜才發覺，這個稱為更亭的工作地，不過只有一張桌子的面積。工作桌黏附落地窗前，街外的路人能輕易瞥見他的坐姿。父親扭開暖壺，飯香和煙霧瞬間氤氳了他的臉。窗外的雨忽然更猛了，她站在更亭旁守候，看父親大快朵頤的模樣，心臟還是撲通撲通的亂響着，不知道哪個時間離去才算合適。大堂鋪放了殷紅色的防滑地墊，還擱着一個黃色小心地滑的牌子，想必是父親的傑作，可是這裏進出的人流如鯽，大堂多個位置還是烙上烏黑帶水的鞋印，一個疊一個，糊成一團潮濕的灰濛。訪客拖着滴水的傘進來，有的會撕下一個傘套，但大多沒有，只隨意用魔術貼索帶捲起滴水的傘便作罷，更甚者會刻意揚開傘，把雨傘挺兩挺才摺疊，篩落一地的水。升降機裏出來的人，有的捧着硬皮封面的書，一邊走仍一邊翻閱着。有的穿着乾爽衣物，毛巾掛在脖子上，背包冒出一支球拍的柄。有的建築工帶着一身黝黑皮膚，叼着牙籤，大咧咧的步出，也沒有傘，任由雨水灑落頭上。

　　自此以後，每當想起父親的工作，靜都感到無比厭惡。

　　她忘了那天逗留了多久才離去，而父親又有否刻意挽留她作陪伴。她只記得自己後來借雨勢減弱為由，一個箭步就踏出市政大廈。她將傘握得很低，以陰影遮擋臉上的淚容。靜不知道自己為何要哭，努力躲開前方一個復一個的人影，越過馬路，越過濕漉漉的街市，一邊留意地上散落的菜葉，分解的發

泡膠箱子，還有磚塊陷入處的水窪。她不知道哪裏有容許她立足的地方。

而她依舊每天課後回家或前往補習社，活得一副理所當然的樣子。母親從廚房裏循例喊出問候，都被她單音節的回應敷衍過去。然後她會以做課業為由，輕掩上房門，扭門鎖時同時按下中間的鍵，沉默地鎖門，免得發出一聲明亮高調的咔擦。靜沒有及時取出習作，沉甸甸的書包輕靠在床沿。她坐在案前，眺望小小的一扇窗外，隨日落而黯淡的天色。靜稍微推開窗戶，吸一口熱風，裏面隱隱透着魚腥的味道，還有樓下街市稀釋了的喧囂。她似乎份外珍視每天晚飯前的這片刻，天空看似凝滯在永恆的蒼白，其實正悄然無聲地褪色，光明一點一點泯滅，取而代之的將會是一個無盡的夜。

靜好的時光裏，靜不必向任何人宣告自己的存在或缺席，也不必藉着玻璃陰暗處折射的影子，行走時鞋跟和步伐發出的聲音來判斷來者。她只是純粹的存在着，與他人無干。

一切將隨着指骨敲門的聲音終止。

＊　＊　＊

當欣從醫療室找到她的時候，二人臉上同樣露出訝異的神色。欣以誇張的手勢，指着她的臉揚聲說：哦！靜你居然敢蹺課，真斗膽！她頓時感到胸口一緊，心臟忽然怦怦的亂了拍，連忙向欣「噓」了一聲，對方才意會到自己聲音過大，連忙用

食指置於唇前，做一個不敢揚聲的動作。靜就討厭欣張揚的個性，説話時調子高，全然不理會她作為鄰座的感受。

靜環抱着小腹，坐在窄小的醫療室裏那張只有兩個座位的小沙發上，顯得很渺小。她刻意選擇靠牆的一邊而坐，避免走廊外探問的目光。急救箱對着門，能夠折射陽光，透過玻璃上來回晃動的影子，她可以靜觀門外的動靜，有老師偶然闖入她的領地取物資時，也能及時把手環在腰間裝肚子痛，輕易蒙混過去。不認識她的老師不會管閒事，偶爾會向她投來一個諒解的神情，但更多是一臉漠然，取完物資便逕自離開，彷彿她是一件融進空間裏的擺設，而靜樂見這樣的來者，這讓她更確信自己是浮動而消隱的，像操場樹蔭下那些渺小的、不足掛齒的蟻，只會在成群結隊的姿態下，以團體的名義惹人注目。

因此，當欣這樣一個熟悉的人闖進來時，她沒法不感到一股龐大的驚惶。

欣踏入醫療室後，隨意坐在沙發那個空着的位置，走廊照進來的陽光便斜斜的照亮了她的半邊身子。與胸部扁塌、膚色黝黑的她相反，欣發育完善，稱得上是個擁有美貌和曼妙身段的女子，雪亮的校服上，胸口前的校徽遇光，別在上方的風紀牌閃閃發亮，彷彿就要從她豐腴的胸膛上躍出來。欣隨意把手搭在靜瘦弱的肩頭上，她其實怕別人觸碰自己，她知道自己身形瘦削，與青春少艾的女子豐滿的形象相距甚遠。她有時覺得，自己就是一根芥蘭，那樣的枯槁不討喜。或許她也是飯桌

上那尾討厭的鯇魚，渾身或長或短的骨叫人難以觸碰。如今欣就這樣把臂彎搭在她輪廓分明的肩骨上，靜沒有閃避，只默默承受她的善意。

沒想到，欣還會湊過來，在她耳畔悄悄的説：好姊妹，我觀察你很久了，每逢體育課更衣，你總愛躲到最入的廁格裏換。午飯又從不參與我們女子組，寧願去街市買那些糟透的燒味飯盒回小食部獨個兒吃。現在連英文 oral 堂也蹺課，你到底幹嘛了？靜感到身體微微顫動着，但她仍得把這股強烈的震撼按捺下去，免得讓震動傳至欣擱在她肩上的手。她感到自己再不能安於消隱的狀態，體內的某一處已正在急速膨脹、擴大，迅速漫滿整個醫療室，然後將這個狹窄的空間掙破，讓校舍裏所有的學生和職工都感知到她龐大的存在。

走廊外的陽光稍為收斂，醫療室蒼白的光忽然黯淡，急救箱上的黑影依舊走動，他們帶着急步，朝各自的方向和目標前進，那麼明確清晰。唯獨靜脱離了軌道，不能像常人般活着。

她忽然悲傷起來，淚就這樣潸潸滾落，她開始討厭自己，討厭自己的懦弱和奇異。自從那天缺席演講以後，靜再沒有出席英文説話的課節，每當她想起黃老師那狐狸一樣的尖刻的臉龐時，總不由得想起馬桶裏那片狼藉的嘔吐物。於是她選擇藏身醫療室，像匿藏洞穴裏的小獸一樣躲避追捕。她討厭説話，畏懼別人的注視，如她討厭自己的奇異。

欣似乎被她過於激動的反應嚇倒了，慌忙從校裙掏出一

包紙巾，抽出一張，遞到她面前，同時輕撫她嶙峋的背，像協助她嘔吐般，彷彿所有問題掃着掃着就能撫平。靜接過紙巾，沿摺痕攤開時，嗅到上方濃烈的草莓香精氣味，她想起欣那本五彩繽紛的筆記本，任何錯誤的地方都讓潔白的改錯帶掩蓋過去，容不得一點瑕疵。而她的筆記總是亂糟糟的，各科的內容大雜燴一樣分散在各頁，鉛筆潦草而成的字體朦朧難辨，有時角落還有一個深刻的圓，是她上課時無聊打的圈，然後想像自己能遁入那小小的圓，像從排氣扇溜出校園的想像一樣。

當她覺得自己耽誤了欣的上課時間，打算說些甚麼時，鐘聲突然響起，從醫療室裏聽來，跟洗手間裏一樣清晰明亮。欣迅即從沙發上躍起來說，我跟班會幹事約了商討陸運會的事宜，要先上去了，你自己 take care。然後搭了搭靜微微抽搐的肩，邁步朝光明的走廊遠去。

靜感到臉頰有點滾燙，卻又因淚痕風乾而透涼。醫療室漫溢着草莓香精的味道。

＊　＊　＊

她們再次相遇時，已經是課後，相約在補習社。靜預先為欣霸佔了座位，取了筆記，然後根據螢幕上投影機下的手，把圈畫的重點圈畫，把用螢光筆塗畫的地方塗畫。可是靜沒法專注，腦裏滿是今天課後，黃老師前來要求她即時補做演說的情景。靜跟從老師身後，隨她逐間活動室探問，課後的追逐聲嬉

笑聲將她們圍攏，聲音卻好像摒除到一個很遠的異域，直至她們找到空置的視藝室安頓下來。書包裏的講辭被壓得扁扁的，摺痕顯得很清晰，黃老師就這樣翹着腿，微微揚起尖小的下巴，聽她演説，一根紅筆握在手裏搖擺着。靜渾身在抖，她的眼睛在陌生的生詞和黃老師暗紅色的高跟鞋上游移，沒法尋得一個安心的焦點。

她不知道自己是如何結束演説的，只記得欣最後運用了反問句，巧妙地設置懸念。黃老師在29號一欄填上一個數字，便蕩着熟悉的步伐離去。課後空置的視藝室，窗戶沒有打開，吊扇靜靜懸在頭上，空氣裏有顏料的氣味，進來時她感到有點寒冷，大概是空調的餘溫未散。如今她獨自停留在這裏，空氣凝滯，顯得很悶熱，畫布上有多雙眼睛凝看着她，彷彿它們能在夜裏脱離畫框的拘束，擁有自由行走的意志。世界只剩下沉寂，窗外操場歡呼喝彩的叫囂顯得很遠。靜感到胸口有種悖動的感覺。

然後是一陣芳香。今天留校完成演説的關係，抵達補習社的時間晚了，只剩後排幾個寥寥的空位可供選擇。坐下才發覺螢幕上的字體太小，靜看不清楚，教室後方的通風系統又不佳，教她的頭顱隱隱作痛。欣擠進來的時候，共用一排長桌的學生紛紛挪移膝蓋讓道，沒有半點不情願，邁步跨過地上的書包時，豐腴的胸脯在微晃，有個讓道的男生凝視那個隱私的位置很久才別過臉去。欣擠進來後，靜感到一股擠壓和悶熱的

感覺。欣籌辦完班會事務，趕來補習社仍一派神采奕奕的模
樣，額頭滲着薄薄的粉汗，像嵌上多片晶體，在潔白的燈光下
閃耀。靜感到一陣暈眩，眼前一列列俯下的後腦勺子糊成浮
影，交疊着彼此，像醫療室的急救箱上，兩個過路的人影疊合
時，靜沒法分辨他們的身份，甚至性別。她懼怕這些人會一同
前來，闖進她的禁地，把她像魚一樣釣起，強行抽離靜好的水
面，讓暗啞的鱗片暴露陽光之中，撲騰，直至缺氧，萎頓，然
後死亡。

　　於是她鼓起最大的勇氣，收拾筆記和文具，站起，然後躡
手躡足地離去。她清楚聽到，欣不斷「靜！靜！」的喚她，高調
的嗓子如今壓得低低的。她也清楚知道，讓道的人會向她的背
項投來奇異的目光，或因為打擾他們上課，而斜睨着她，嘴裏
碎碎唸着甚麼。

　　她踏出補習社，頓感世界變成一片茫白。再次恢復意識的
時候，靜發覺自己已躺在睡房的床上。

　　她是用聽覺把世界重新還原的。床前手機短促的震動。窗
外魚販的叫賣聲。簷上鴿子咕咕的嘮叨。不耐煩車子催促前方
慢駛的車子的嗶嗶聲。手推車滾輪溜過凹凸不平的地時蕩起鐵
片碰撞的震蕩。她還聽到，房門外父母在爭論些甚麼。母親該
在廚房裏煮菜，她聽到鑊鏟在鐵鑊裏翻撥的聲音，還有食油炸
開的聲音。父親大抵正倚在廚房的門框，為着問題與母親爭持
不下。

　　但靜再沒有餘裕去傾聽、理解和協商。儘管她知道，父母爭執的內容與她有抹不開的關係。她開始幻想自己是一隻海星，閉上眼，在床上張開四肢，讓身上每個微小的吸盤張開，吸納所有聲音，植入體內成為她的記憶。直至床單在這樣的舒展中變得有點皺，靜便把手輕放胸前，在那扁塌的荒地上，慢悠悠的搓揉，慢悠悠的揉捏，再順着板直的胸骨延伸下去，撫摸小腹，然後她觸碰到身上最敏感的位置。她開始幻想一面可靠的壁，好讓她像海星一樣，黏附上去，徹底而無悔地賴在上方。

　　母親開了排氣扇，風呼呼的舞起來，對流的空氣把她虛掩的房門緩緩扯開。靜連忙揚起被子覆蓋一切，她感到父親在門外，向她投以疑慮的眼光。她閉上眼，佯裝熟睡。

　　夢中，她或許能走進廚房，踏上鋅盤，自排氣扇的洞口溜去。

辭　雲

　　城市彷彿編織出一塊薄膜，阻隔了肌膚與靈魂的碰觸。氣血運行不順的楊師奶，大抵因為睡姿不好，睡眠時習慣把手臂抬高，早上醒來時，只覺手臂熱乎乎的，腫脹如豬腿一般，挪動不得，全然失去知覺。她必須很吃力地，用另一隻手協助將其垂放，抵住痹痛，方感到血液漸漸回流到手臂、手掌，直至手指慢慢恢復自由意志，才撫摸到床單溫軟的皺褶。

　　要不是對孩子的承諾不容反悔，楊師奶斷不會順着芷晴，為她買肯德基外賣。這段深居簡出的歲月裏，為搪塞孫女兒，楊師奶曾列出不下十個反駁的理據，也顧不得它們互相存在矛盾——時而説炸雞上火，有損健康；時而説炸雞要堂食才有風味，放在外賣盒子裏悶着，外帶回家後再也不鬆脆，倒不如不吃。芷晴偏執地撇着嘴，楊師奶沒好氣，唯有下樓一趟，順道去慈雲山中心街市購入一周份量的菜。她戴上口罩，鐵線沿高挺的鼻樑狠狠的壓下去，架上往日晨泳用的泳鏡，頂着有屏擋的太陽帽，才拖着購物車姍姍離去。她在玄關穿鞋，想着拖鞋

是否比球鞋衛生一點，她不想俯身觸碰那捆成死結的鞋帶，她幾乎能夠從發毛的鞋面上看見形狀分明的病毒，就像政府宣傳片裏那些渾身都是吸盤的綠色怪物，很髒。糾結之際，門旁的升降機忽然敞開，楊師奶瞬間把大門虛掩，矯健的蹲下身，隱藏鐵閘後屏息。鄰居扭動門鎖內進，確保他的門戶關上，她才揚起頭來。她害怕跟鄰居打照面。

自從慈雲山被標籤為孤城以後，楊師奶確切了解到人情涼薄的意思。鄰里的門閘永遠關得牢固，面書的貼文、YouTube的影片看得爛透，手機發燙，鈴聲卻久未響起，來電記錄只有阿偉每晚循例的問候，問候有關芷晴的狀況。世界恰似只餘下她，和家中那個同住的、終將在某天被救贖而去的孫女兒。

朝慈雲山中心的方向一路走去，滑梯、鞦韆、長者康體設施等全被紅白相間的索帶捆綁，連供人休歇的長椅也一樣。長椅只有平面，索帶沒法懸空捆住，唯有勉強在椅面打個交叉。天橋人跡罕至，路人低頭疾走，彷彿在追趕甚麼，或逃避甚麼的追捕。偶爾有老人漠視索帶，坐在長椅上，一條腿擱上去，口罩拉往下巴吐着霧。遇到這種情況，楊師奶會繞路，刻意拐大彎，向目標全速前進。這個平台花園原是她清早起來晨運的地方，她愛推着老楊下樓，來到欄杆前，向山下眺看，等待日出。慘白的天色漸漸滲出日光，她頓然覺得慈雲山是個如此難得的清幽地。面對此情此景，老楊沉默的嘴唇也會微抖，縱然，在他中風後傾側的嘴巴裏，流淌出的唾液比文字要多，字

句始終割裂難辨。她捏着手帕，為老楊擦拭嘴角，然後翻轉手帕，摺疊。她能夠從丈夫微微舒展的眉間，感受到愉悅和滿足。

上次見老楊，大抵要數農曆年三十，阿偉把他從護老院推回家吃年夜飯。那天楊師奶到慈雲山街市，買了一尾烏頭魚、兩斤芥蘭，再煮個紫菜肉丸湯，簡潔便宜的貨色。阿偉起初建議去百匯軒吃，他們倒不願與人擠，也嫌茶樓貴。她知道老楊要吃得清淡，於是沒有多費神準備菜式，能夠果腹就好。飯後老楊由阿偉順道送返護老院，楊師奶打理好廚房，臨近午夜，才搭小巴落黃大仙上頭炷香。那夜廟宇一如往年擠擁，楊師奶選購香燭時，看見寥寥幾個參拜的人戴了口罩，她想他們是怕給廟宇的香燭和煙霧嗆住吧？子夜來臨，她遙遙看到隊伍最前方，身穿米奇老鼠可愛造型的夏蕙姨接受電台訪問。鐘聲叩響，善信紛紛向前推擁。她把香燭插入綿軟的爐灰時，心裏默默期許：老楊定要早日康復。

楊師奶買了個二人套餐，兩杯可樂免費換成蜂蜜綠茶，看來是較健康的選擇。她想了想，又多買了個蘑菇飯和葡撻，吃不完可留作晚餐，她不忘向櫃枱後的店員多索取幾個手套，方捨得離去。肯德基旁邊是中醫診所，她踏着快步走過，不多加停留。楊師奶的身體向來好，家裏囤積的醫療券無處可用，她想起早上間或麻痹的手，便決定看中醫調理調理。醫師是個年輕女子，與楊師奶心目中的形象有很大落差。她對醫師原先不抱信心，但後來針灸幾趟，經歷幾番痠麻脹痛，服了幾帖沖

劑，感覺的確舒暢不少。沒料到，早兩天診所傳來訊息，通知她應診當天值班的護士確診了新冠肺炎。楊師奶冷靜凝視訊息界面，心裏不由得打了個激靈，腦袋拼命搜索一個後腦，束着一條堅實的馬尾。那個後腦正為她配藥、磨藥粉，粉末在沸水中溶解然後進入她的身體。每日兩劑，一早一晚，飯後三十分鐘服用，說罷護士向她遞回身份證，楊師奶更為醫療券的餘額，與護士查證了約莫五分鐘時間。她迅即拋開電話，從錢包掏出身份證，擠出一掌酒精搓手液，死命地擦拭。動作急促而劇烈，害得芷晴一愣，以為祖母過度使用手機以致觸電。

　　於是她快步走過沒有開業的中醫診所，心裏只有慌亂。縱使商場已閉戶兩天進行深層消毒，但過路的人始終寥若晨星。她踏上扶手電梯，扎了穩健的馬步，拒絕觸碰光亮的扶手帶。她抵達樓層，回望身後，想起好像只是兩周前，大家樂旁邊那扇連接戶外平台的玻璃門前，就延了一條長長的人龍。許多家長攜着孩童耐心排隊，看是平台正舉辦甚麼歡樂活動。芷晴欲上前參與，卻被楊師奶牽走，在防疫意識上她是從不鬆懈的。如今想來，當天仍在喧嘩談笑的家長和學童，當中是否有人已經染疫？

　　慈雲山中心由兩面組成，呈L形，另一頭的冒險樂園是芷晴鍾愛之地。她愛玩擲彩虹。後來楊師奶察覺代幣越來越貴，拋出的代幣往往壓中黑色粗線，算是擲界，被職員用長棍子掃落坑溝，楊師奶從此禁止芷晴再參與。樂園外有一條扶手梯，連

接樓上的百匯軒、圖書館、銀行和AEON。以前她就跟老楊在此喝早茶，再慢條斯理往圖書館消磨時光。至於AEON，也算是整個商場裏，她最樂意消費的店了。除了特別標價的貨品，其餘一律十二元。於是楊師奶稱它作十二蚊店，實情是不懂英文店名的發音。疫情初期她與芷晴曾經前來，卻見貨架空蕩蕩的，消毒濕紙巾、嬰兒紙尿片、雨衣等任凡有阻隔功能的貨品都被搶購一空，遑論是口罩。她立在貨架前，目瞪口呆，只覺雙腿一陣痠，疲弱得彷彿就要陷進地板。身旁的芷晴依然一派悠然，臉上有卡通圖案的口罩一抖一抖的，執意糾正祖母的話。嫲嫲，呢度唔係叫十二蚊店，係AEON Living Plaza！讀得字正腔圓。

　　她們遠離人龍，就在L的交疊點停步。那是個呈圓形的迴旋地，眺望下去，扶手梯縱橫交錯，地下是附屬於街市的無蓋食堂。那時疫情稍有緩和，食堂不乏顧客。那裏販賣的都是寡味的魚蛋河、過橋米線等，芷晴執意拒絕，寧可去大家樂吃免治牛肉飯，害得她又得返回人潮。那一刻，楊師奶確實對孫女兒嬌嗔任性的脾氣感到厭倦。可是如今想來，倒慶幸那天沒有到訪食堂。除了位置鄰近爆發疫情的街市，說不定頭蓋上、扶手電梯上往還穿梭的哪人的一聲咳嗽，便能讓病菌騰空墜落，像浮泛湯麵的蔥花一樣點綴她們的午餐。

　　這樣想來，楊師奶還是蠻感恩的，心裏浮起一種倖存者的僥倖心理。她一手握着食物袋，一手推着自備購物車，疾步離

開商場。此刻的慈雲山中心，對她而言再沒有蹓躂的意義。喘着粗氣，她感到一股熱流蔓延全身，幸虧購物的任務已完成，否則她真怕自己的體溫逾越了常人的界線，觸動到門前先進的體溫探測儀，警號響徹整個商場。

　　沿舊路踏上歸途，天橋上人影依舊疏落，楊師奶步經這天橋時，習慣停駐在欄杆旁邊，往下眺望，向老楊的護老院瞄去。看着那朦朧的磨砂窗，緊閉如昔，楊師奶忽然悲戚起來。當初她不應輕言鬧彆扭，說甚麼顧得了大的便顧不了小的，害阿偉提出把老楊送進護老院。那時她背對老楊，顧着洗碗，使勁擦拭碟子上纏人的肉末，百潔布沾濕後擠出稀釋的泡沫。當時楊師奶想，護老院離家近，早午晚前去探訪，跟在家相處的分別不大，她卻省下照顧一個人的功夫，便應允了，也沒回頭看看老楊的臉。想着想着，楊師奶好像嗅到那夜洗潔精的氣味，那麼嗆鼻，酸酸癢癢的感覺，使不由得咳嗽兩聲。她想得入神，眼角還是瞄到身後有人因她的咳嗽而躲閃了幾分。炎炎夏日，烈日下只有微風輕送橋上，楊師奶竟覺孤冷。護老院謝絕親友探訪，她與老楊分隔有半年之多。老楊只有一部揭蓋手機，三格電源耗盡了總是忘了插電。楊師奶想，要是能預料這半年下來的風雨，年三十晚的準備功夫就不該敷衍，飯後更不該讓阿偉輕易把老楊送回去。

　　樓下的密碼鍵、升降機的樓層鍵都被一片薄膜覆蓋。大廈密碼是6702，這四個數字鍵就讓住戶的指甲、鑰匙或筆尖戳得

破爛。楊師奶套上剛從肯德基取來的手套，按下密碼，心想賊人需要用多少時間，嘗試多少個組合，就能輕易把四個數字準確排序，然後昂首闊步進入這棟大廈，像病菌。她想起芷晴在十二蚊店央求她買下的「珠機妙算」遊戲。芷晴沒耐性，不擅推理，於是楊師奶總是當猜的一方，依照珠子的顏色和提示逐一假設。芷晴僅坐在她對面，笑吟吟看着自己的祖母離真相越來越遠，盡情享受一個全知者的優越感。

一如楊師奶所料，外帶回家的脆雞不再香脆，雞皮和肉割裂開來，鬆垮垮的，顯得油膩和浮腫，像她清晨起床時那條缺血的手臂。許是近日疏於複診的關係，這兩天楊師奶的老毛病再度復發。剛才提重物回家，手臂連肩膀都異常痠軟，飽飯後好像更劇烈了，但抬眼看見孫女兒反着油光的嘴角，吃得一臉滿足，楊師奶也不多言，默默把半盒讓芷晴吃掉了蘑菇的剩餘白飯掃進嘴裏，不忘沾染沉澱盒底的蘑菇汁，湊合着吃。

城市彷彿編織出一塊薄膜，阻隔了肌膚與靈魂的碰觸。

遙望過去，雄偉的獅子山屹立窗前，午後的天空異常明淨，不帶半點雲和薄霧，街上清靜得不尋常。商場人流稀疏，空調格外的冷。學校村再沒有蜂擁出來午膳的學童，公共設施被索帶圍成禁區——慈雲山顯得比往常更像一片淨土。楊師奶倚着窗旁，一個清幽的社區盡收眼底。她寧可繼續相信，黃大仙會眷顧這個社區，如她樂意相信，老楊仍然安康，仍然惦記着她。

第二輯

木盒

　　昨天補課已操練了模擬試題，難得今天能準時下課，劉文倩感覺賺了一點時間，捨不得馬上回家。其他同學紛紛把筆袋和書本收拾，忙亂得無暇把物件分類，一併擠進書包最大的間隔，趕着乘搭三時四十分的巴士往補習社去。文倩也有補習，她的文科表現優秀，唯獨數學和通識不好，總是徘徊合格邊緣，但她至少要取得等級2，否則入讀大學中文系的希望便會破滅。她向母親索取了數學科的補習費用，另外的都推搪回去，插進母親的衣袋裏。母親身上的棗紅色毛衣撐得有點過大，鬆垮垮的，不怎禦寒，幾張紅杉魚捲摺在衣袋顯得有點張揚。文倩說媽，我跟小學生補習的零用還夠繳付通識的補習費。媽沒有爭持，粗糲的手掌虛插在衣袋裏，把鈔票捏得死死的，她覺得他們虧欠女兒太多。

　　學校離家不遠，文倩打算先往附近商場蹓躂。午後的商場格外醒目，雖然人流不比正午多，但還是漫着一種行跡匆匆的感覺，就像考試時，文倩瞄到鄰座同學焦躁地搔頭、轉筆、揭

頁，就教她沒法安心作答。後來有傳言，指那位同學是擾敵高手，寫文章不怎出色卻頻頻加紙，不過是為了向旁人施壓。那是一個尋常的午膳，文倩胡亂吃了個飯盒，便在座位讀着SBA指定的英文傳閱書籍，旁邊五個女同學圍攏着討論，分吃着一包草莓味夾心OREO，三塊餅不夠分，便掰開餅乾的夾層，還爭論誰吃比較多餡兒的一瓣，在她們看來，下午的SBA評核好像與剛吃過的午飯一樣不足掛齒。黑色的餅屑撒滿木桌，文倩的臉憋得有點紅，她認為自己容易受影響的個性，跟那些擾敵的行為一樣可恥。她瞄到桌上自己翻開的英文詞彙本，上面寫着一列同義詞：impressionable/ vulnerable/ susceptible。

　　就像她站在書局打書釘，總是被敏感拖延閱讀速度。書局終究不是圖書館，是營商圖利的地方，書本不過是誘餌，店裏空蕩蕩的也沒有一張椅子供讀者使用，免得顧客坐上大半天享用免費福利。她面向書架，在射燈下自己頭顱的陰影裏閱讀，站得有點累時便替換重心腿，但閱讀過程並不順遂，文倩往往會感受到身後的職員或顧客探頭探腦的找着甚麼，她移步往另一排書架，事情並不見得改善。文倩開始感到自己的存在是那麼龐大和礙事的，世界好像小得沒有一格地磚足以讓她容身。像很小的時候，她隔着房門哭泣，聽自己的哭聲，聽爸昂然的罵聲貫徹狹窄的小屋時，她就感到自己的生命其實是一個負累。她知道父母為着自己，勉強維持貌似完好的家庭關係並不快樂，於是她噙着一眼的淚，推開房門，顫顫說了句：你們還

是離婚吧。

　　文倩喜歡閱讀，但她害怕面對壓力和一切與之相關的敦促。她放下手中的張愛玲，把書本插入書架的罅隙便離去。隔壁的LOG-ON是整個商場裏，除書店以外她最愛逛的店。她喜歡光潔的店面，玩具、精品在香薰的烘托中顯得精緻可人。可是她不喜歡名店的名稱，裏面的log讓她聯想到數學課上，她永遠沒法理解的對數符號。數學課上，同學熟練地按着計算機，得到與答案頁相同的數字時臉上泛起滿足的笑，唯獨她搔破頭皮，還是對此不得要領。文倩不理解，為何以次方比大幅增長的事物，仍需拆解它的本相。她習慣了不提問、不干涉，對於沒法理清的變化，只好接受，從不抵抗常理。

　　玻璃櫃裏擺放着一個個圓柱形音樂盒，它們都是木製的，帶着自然純樸的美，彷彿只要文倩把鼻子哄上前，就能嗅到木香。音樂盒以各異的姿態演繹着不同的故事，有的是耳熟能詳的動畫角色，也有不知名的動物如小熊和企鵝，騎着正旋轉的小木馬。陳列架上沒有盒子的位置，偶爾有一輛小巴或的士造型的小擺設正在眾盒子間穿梭往還。放眼過去，整個櫥窗就像一個城市的眾生相。文倩愛極了這種細微的動感，面對這個陳列櫃，便足以讓她駐足一句鐘。除了逐一觀賞，她還會好奇每個音樂盒播放的音樂。櫥窗上懸着一個屋子造型的木盒，如大廈門前的密碼鍵，附有不同的數字按鈕。只要文倩把音樂盒前對應的數字鍵入，木屋子便會傳出綿柔的旋律——給愛麗絲、

藍色多瑙河等。她常想像，要是她購買，該選擇哪一個呢？

　　但她不曾購買，也不會。她知道眼前的櫥窗之所以震撼，全因為它團結的集體的本質。美好的事物不必然擁有，因為擁有倒會摧毀它的美好。要是買了其中一個回家擺放，恐怕沿着圓形軌跡徐徐走動的小狗將會邁出孤獨的步伐，直至哪天電池徹底耗盡，悅耳的音符變得沙啞，小狗也將不抵疲勞，停留在赤道上的一點。文倩不忍，不忍面對任何頹敗。她寧可永遠隔着玻璃櫥窗，當一個寧靜的旁觀者，像她翻開傳閱書籍，聽同窗的竊竊私語。像她曾隔着一堵木門，聽父親對母親的謾罵。

　　生活大概需要抽離，文倩這樣想，當她的眼睛落在播放婚禮進行曲的音樂盒。上方的新娘玩偶站在黑色套裝的新郎身邊，原地盤旋，成為擺設中唯一有動感的亮點。擺放久了，白色婚紗披上薄薄的微塵，文倩幾乎能看見，眼前美麗的新娘有天會像母親一樣，家裏隨意套上一件棗紅色毛衣。毛衣織得很疏，透風，她出門前抓一張紅杉魚，到樓下街市買今夜的菜。

四 時 的 守 候

　　一如以往地，素蘭四時左右便捧着一本輕巧的小説，前往商場的三樓，憑着欄杆閱讀起來。説她閱讀並不準確，她的眼角不時會離開捲曲的紙，向下層的開放式快餐店游離。下午的城市到處都散發着慵懶與疲憊的味道，可是商場的人流並不見減少，鞋跟的敲碰與談笑在她身後交錯盤纏。素蘭不知道，到底是這種喧鬧教她沒能專注跟隨小説女主角的步調，還是源於她內心那頭難馴的獸。

　　舊年與那個人分居，素蘭的家門和鐵閘自此牢牢關上。面向走廊的橙色大門逐漸變得暗啞無光，上方只蕩蕩的飄着一張殘破的揮春。高層公屋走廊的風很大，揮春在它的撕扯下毀了一角，透明膠紙固定了一個紅色小三角，經年像一片未掃去的碎片，擱置在五十歲開外的素蘭不再年輕的心裏。難得踏出家門，鎖上閘，風卻由缺了的角悄悄潛入，把寫有「合家平安」的紅紙吹得鼓脹。她看着心裏覺得難受，打算把揮春撕下，但又認為事情還是維持原狀、不去觸碰會更好。

　　素蘭今天穿得很輕便，好像假日中午礙於要吃午飯，才迫不得已套上一件衫到附近街市買一個飯盒回家享用。可是，從她微紅的臉頰看來，她出門前還是施了一點脂粉的，為免他精明的眼在一個懶腰之中會瞄到扶手梯上方的她身上。這種聯想教她感到羞恥。她，這樣一個年過半百韶華已逝的婦人，竟會為着一個卑賤的無法啓齒的理由，每天下午四時來到商場三樓的這個位置，只為一瞥她渴望仰賴的那張臉。

　　那張臉嚴肅而仗義，深深烙印在她虛空的心裏。那天，樓層的風特別猛，呼嘯刮上逃出走廊追逐的她。素蘭臉上的淚珠滾燙如鍋裏的油花，冷風讓她頭皮一陣發麻，隨即又感到臉頰一陣劇痛，身上流遍着一種複雜的傷痛的溫度。是的，那隻輕撫她身體多年（原來暗地裏也撫摸過很多年輕乳房）的粗糙的手，此刻正高高擱在半空，正想往她火辣辣的臉刮出第二記耳光。在搗成流水的視野中，素蘭瞥見鄰居黃先生健碩的身影在走廊的盡頭，他丟下垃圾袋，匆匆趕上前抵住那人舉在半空的同樣壯健的手臂。那天以後，她一直把自己埋藏在門後缺光的洞穴，如一盆未被妥善料理的蘭花，紫紅色招展的花瓣卸下昔日的姿彩，變得異常乾燥和脆弱。

　　然而，在那段無光的日子裏，她仍然懷着一絲盼望，像黃昏日落時，自疏漏的門縫滲入家中地板的一條金色的線。素蘭會蹲在地板上，觀賞金箔的顏色時而變橙，時而淡化成淺淺的紅，凝神專注於一件事情最能擺脫紊亂的情緒，心理學稱之為

「心流」現象，這是學識淵博的黃先生上次在公園碰面時跟她說的。那時他正跟孫兒專注踢着皮球，眼睛沿着球的軌跡而滾動，無暇讓她多觀賞他的臉，盼望能從中尋找關切的目光，只見他追逐着孫兒和皮球遠去了。然而，他略帶粗糙的嗓子裏溜出的每一句話，素蘭都牢牢記住，因此她特別鍾愛和珍惜這樣寧靜的黃昏，經歷一次又一次的心流。當然，心流並不永遠奏效，她一直盼望着大門會傳來指骨敲碰的聲音，擊破她沉寂的世界，讓那張仗義的臉給她一個溫暖的擁抱，可以的話，她希望能吻到他白皙透紅的臉頰，她便感到踏實和滿足。

素蘭把手中的小說無聊地翻揭着，適當時候翻開下一頁，彷彿懼怕一個陌生人前來戳穿她閱讀的偽裝。素蘭知道，他的孫兒就讀離家不遠的一所小學，每天三時半下課，來到這間快餐店大約是四時。這時已經是四時十分了，她把書本合上，定睛一望，終於能夠從那些在快餐店消磨半天時間的花白的頭蓋叢中，辨別出他格外銀亮的髮。它折射着商場天花密集的燈，在素蘭的眼眸裏閃亮。

身下，黃先生正與孫兒和黃太太分吃着一包薯條，他們不沾茄醬，從紙套裏抽出薯條便往自己或對方的嘴裏放。那金箔一樣的條狀食物，在三樓憑欄眺望的素蘭看來，竟似是黃昏時分，家中地板鍍上的那抹金光。彷彿素蘭每天僅僅只有珍貴的半刻鐘時間，把沒法觸碰的一根薯條放進嘴裏，細細咀嚼，感受鹽粒和淚珠腥鹹的洗禮。

　　素蘭又見黃先生擺動着他堅實的手臂，用誇張逗趣的動作哄得孫兒咧開嘴巴，對面的黃太太也掩着嘴笑，幸福為她的眼角添上淺淺的眼紋，轉瞬又拿紙巾向丈夫的臉湊去，大概是擦拭他嘴角的食物殘渣。商場的欄杆都是用金屬製成的，素蘭雙臂交叉擱在上方，隔着薄薄的衣料，很容易便感到手肘一陣冰冷。鋼條裏，她看見自己變得扁塌的扭曲的面容，在商場明亮的燈光烘托下，顯得有點黯然。換着是以前，想必她會因着這段距離而感到惋惜。

　　可是今天，她學會欣賞這段距離，不論是連接兩個樓層的那條緩慢的扶手梯，還是彼此單位隔着的兩道門和鐵閘。素蘭始終明白，鍾愛的事物如門縫下的光，並不必然需要擁有。一切的事情有如她門上的揮春，維持原狀、不去觸碰會更好。

　　只要這樣的一個他存在她的周遭，佔據她心中一隅，哪怕自己在他心裏像塵埃般微末，素蘭還是會為此感到滿足。

百 葉 窗 簾

　　夕照把百葉簾面窗的部分披上一層金箔，你把輪椅滾到窗邊，聽見它隨着冷氣機開動而發出微弱的顫動。你的手輕輕擱放在其中一層窗簾，撥開一道視野的縫。窗縫頓時像一隻睡醒的眼，睜開橘色的瞳孔，放光。

　　自從那天兒子來探望你，把過大的不鏽鋼匙勉強擠進你中風後傾斜的嘴巴，你便學習每天黃昏把輪椅推到幽暗的角落，抖抖地挖出碗裏的飯糊，自行進食。糊狀的食物像搗碎的泥巴，隨你下顎的起伏在舌面上翻滾。你緊閉嘴巴，仍有液體偶爾從嘴縫兩邊淌出，於是姑娘總會用一種保姆的語氣，輕罵你又把剛剛洗淨的睡衣袖口給弄髒了。你感到寒冷。

　　幸而，窗簾的顫動相隔一段時間便靜止，冷氣機會自動切換模式，收斂了強風和噪音，像個貼心的看護。護老院頓時隔去一層音似的，把好些院友無端的嚷叫烘托得更清晰了。兒子剛把你送進來的時候，你也曾經喊破喉嚨，揮動手中空空的膠水瓶作勢要攻擊姑娘，只是後來一個晚上，你夜半醒來打算小

便時，才發現自己的四肢被繩索捆綁在床的四角。

藉着冷氣機間歇的停頓，你依稀聽到窗外的人潮喊着口號，只是隔着一堵玻璃，許多內容都打碎成瑣語，像窗簾下篩碎了的陽光。你輕輕俯下頭，把一口糊飯送進嘴，眺望街外流動的人潮。你記得兒子上周來探望你的時候，身上穿了與他們一樣顏色的衣服。黑底白字的短袖T恤，胸口前的字印刷得像是由藝術家揮筆出來的，扭作一團，你沒法看清楚意思。現在看着樓下蠕動的人，夕照下竟綻放出如水面的粼粼波光。你嚮往他們能夠以魚群的姿態，自由穿梭橫街小巷，不囿於任何空間，儘管你不明白為何他們大熱天還要在街上行走。

你剛喝過水，水又從嘴角滲出。你用袖子擦了擦嘴角，這時電視正奏起國歌。

你沒待樓下的人散去，或把飯吃完，便把輪椅稍稍推回床邊，一個更幽暗的位置。你掀開布簾，從床頭取起小鴨子，放在自己萎頓的私處。那夜你在床上呼喊，可是呼聲並沒有蓋過鄰床的呼嚕。第二天清晨，清潔工把你染尿的床單掀起，你一直待在窗邊的暗角注視，靜靜的彷彿放棄認領甚麼。晨曦把房間照得亮白，卻沒有把床單上那條散發着尿臊味的黃河晾乾。

大概是拒絕喝水的關係，你的尿液顯得褐黃，而且只能擠出兩茶匙的量。完事後你沒有重新敞開布簾，只把小鴨子懸在輪椅旁的小鈎，再用浴巾輕輕遮蓋。那裏面盛着你的尿液，沉澱底部像幾片腐敗的枯葉。你把輪椅推回窗邊，沒有再進食的

打算。冷氣機切換回原來的模式，呼呼吐出強風，窗簾敲着窗又抖動了起來。

　　你從百葉簾撥開一道縫，窺探樓下人潮的去向。穿着黑底白字T恤的人太多了，你渾濁的眼終究沒法聚焦兒子的身影，像他小學下課時，你難以從一群奔出的頭顱裏把他辨認出來。

　　於是你們約定，在學校對面的車站會合，不見不散。那個車站就在對街。你隱約看見一個小孩站在車站，斜陽把他的影子拖得老長，撒在馬路上任由車輛輾過。他帶着茫然的眼神，朝護老院你的方向仰視。

　　你半舉起手臂，向他招手。黏了糊飯的袖子在風口下輕晃。

快　餐

　　卡座的老頭坐了很久，看報紙看得好像有點膩了，才放下頭條，喝口茶，又掀開另一頁，桌面頃刻翻出一個穿泳裝的女明星。阿蓮從她的位置望過去，再看不見杯子裏褐色的水平線，估計他的飲料已經所剩無幾。難得有點空閒，阿蓮瞇着眼，盯着他手上揚開的報紙，確認那明星不是鍾嘉欣或楊怡（這些名字都在她的筆記本裏）。紙料太薄的關係，女星身上的皮膚隱約透滿丁字，她的額頭穿插着背後　則新聞標題——16歲援交女墮樓亡。阿蓮好不辛苦從右到左讀出這行反轉了的紅色大字。

　　阿蓮認為這是個由玻璃築成的年代。精緻，但不耐用。她忽然想起她家小美，不知今天是否一切正常？昨晚她替女兒收拾書包，不過隨意翻翻小美的周記，看了她一段對同班男班長的讚譽，多問兩句，小美便氣惱地說她不尊重個人私隱，大力摔門，把自己困在房間，整整一夜沒再推開門。坐在客廳將母女倆的衣服分類放入洗衣網的阿蓮感到莫名其妙，一夜思緒就

這樣隨着洗衣機旋動。

那個16歲援交女的母親，是否也經歷過這樣的茫然？

一隻手伸出，捏着一張薄薄的單據，如刀刃割斷她的思路。「腿通、檸茶。」她湊向麥克風，利落地宣佈，同時將單據撕出一道裂口。阿蓮工作麻利，她討厭說話，更討厭廚房那些可惡的男人在背後取笑她仍帶鄉音的粵語。剛入職時，她就用手機把快餐店的餐牌對焦，拍下來，晚上在家反覆練習。阿蓮推開衣櫃的門，在落地鏡子前筆直地站着，朗讀各種菜式名稱。小美伏在沙發上，雙手掩住耳朵，裝出一臉難受，有時忍不住糾正：「係乾炒牛河，唔係根丑扭河」。

很快她發覺自己沒法追趕單據遞上的速度，排至收銀處的隊伍在繁忙時段特別鼓譟。花姐說，她的職責並非要字正腔圓，而是要學會以最省時的方式通報廚房。那天阿蓮快快吃過午飯，便溜到對面街的中南廣場，走了半天，終於找到一本比較廉價、封面低調而內頁又沒有卡通圖案的筆記本，買下，每天放在衣袋裏。她請教花姐。筆記本除了寫上一些繁體和簡體字的對譯，寥寥幾個香港品牌和明星名字，還填滿密密麻麻的菜式簡稱：鴛鴦飯＝炒飯、鴛鴦＝央、雪菜肉絲米＝雪米、沙爹牛肉麵＝牛面（牛要讀作「嘔」）、蜜汁燒雞中翼＝甜中亦。眾多食物之中，西多士最費神，單是花生醬、煉奶、牛油、糖漿的多元組合便足以叫她忙於應對。下午二時過後，貪圖下午茶優惠的長者一湧而進，匆忙之間偶有差錯，少給了糖漿或煉奶。

顧客要討的不只有遺漏的配料，還有公道。遇上脾氣差的，唯有嚥下他們粗暴的語言。

　　眼前托盤層層疊成一個黑色小丘，每有顧客前來取餐，她需要把高處的餐盤取下，逐一放上餐紙，再用叉、匙和刀壓住紙巾，往前推。手勢熟練以後，阿蓮的效率快了不少，也為她省下一點時間。假如花姐也在櫃枱，她會佯裝忙着整理餐具，或把餐盤預先取下，鋪放好餐紙和餐具，為免繁忙時間過於狼狽，絕不敢鬆懈。快餐店位於商業區，臨近中午白領一族便會到來，高峰時段餐盤會推成一條龍，沿着櫃枱橫行，延展，龍頭直抵最遠的燒味部。只有當花姐不在場，而顧客疏落的時段，阿蓮才會依着櫃枱，悄悄觀察食客的動靜，嘗試辨認他們的面容，並逐漸從觀察感受城市的生活方式。在卡座讀報的老伯昨天下午也曾前來，旁邊的老婦也是。阿蓮卻又想到小美，還有那個援交女的母親——一個只存在她的想像裏，素未謀面卻彷彿與自己有着某種深刻連結的人。她不能理解那些從大廈高處墜落，然後肢體像玻璃般粉碎的人究竟在想甚麼。小美摔門時的神情，那種決絕，竟跟兩年前她牽着小美的手，摔門而去來到這城的決心那麼相似。或許她對生命沒有過多不切實際的憧憬，也沒有太多的抱怨和失落。阿蓮漸漸發現，這裏來來去去的人沒有多大差別。生活和時間仍以三餐區分，三餐的選擇亦有限，反反覆覆仍是那些款式。

　　老伯摺起報紙，脫下眼鏡，撐起身，眼鏡繫着一條繩套在

脖子上，走路時在胸口晃晃蕩蕩的。老伯前來櫃枱，向阿蓮索取一杯暖水。阿蓮靜靜的倒了杯溫水，濺出了兩滴，遞上時看見他的臉頰有油墨印，但她沒有作出提醒。阿蓮執起抹布，拭去櫃枱的水跡，才發現她的鞋跟黏着一張單據。她彎腰把單據撿起，上面打印的內容已經褪色。阿蓮知道這張薄薄的紙片曾印上很多資料：顧客光顧的日期和時間、選擇的菜式和飲料、付款方式和找續金額，還有店鋪的地址、收銀員名字，如今手裏卻只有一張雪白的、裂開的紙。

　　阿蓮迎上遞出的手，接過兩張單據，臉湊向麥克風，自信地說：「腿通、雪米、熱啡前後兩杯行街。」

梯 間

　　走廊外喧鬧的笑聲隨着下課的學生逐漸散去。譚老師今天沒有心情與碰面的學生寒暄，於是當他確保走廊外的噪音平息了，像空氣中的粒子慢慢墜落地面變成塵埃，他才脫下眼鏡，揉揉眼角，站起來收拾文件，把幾篇需要批改的文章與未繳交的電費單夾在同一個灰濛濛的膠文件套裏。面向電腦整理簡報已經將近兩小時了，譚老師感到眼睛開始變得乾澀和緊張，彷彿眼珠被一層層沒法用肉眼辨別的幼線捆着，繭一般阻隔他的視野與教員室外廣袤的世界連接。

　　光亮的皮鞋一級一級往下敲着，在寧靜的五時多的校園走廊，鞋底很容易便能蕩起清脆明亮的響聲，隔着梯與梯之間的空隙，流動到所有樓層，盪起回音。這種高調讓年過半百的譚老師感到噁心，他前額的太陽穴隨着每一下足下的碰響而拉扯、收縮，經年困擾他的偏頭痛在這個鬱悶的秋天再次發作。

　　在二樓和三樓樓梯的拐彎處，三個女學生的背影並排着。她們顯得很雀躍，視線藉着透明窗俯瞰操場，興致勃勃地談論

着些什麼。女學生聽見身後響起皮鞋的聲音，趕忙回頭，看見
是譚老師，便連忙禮貌問安。他平靜地點點頭，以掩飾他劇烈
的頭痛和心裏洶湧的疑問。是的，縱使眼睛因為疲倦而有點失
焦，他卻清楚看到劉文倩那匹長長的馬尾，在轉頭的一刻活躍
地擺過來。這位女學生是班上的模範生，儒雅有禮，文章寫得
流麗而不枯燥，就像她永遠清雅又帶點豐腴的臉，成天掛着一
抹謙卑的淺笑。對於他的讚美，她往往以一尷尬的笑容回應。
他記得身材略高的劉文倩，在課室最後一排輕輕搖着頭的情
態。腦後的馬尾因着頭顱晃動而一擺一擺。

　　只是如今眼前的劉文倩，雙頰染上淡淡的紅，彷彿做錯
事的孩子在父母面前承認錯誤的窘態。梯間的光管忽然全都亮
起來了，譚老師才想起學校每天五時半便會啟動梯間的光管照
明，乍看下就如舞台劇效果，把譚老師映射成舞台的焦點。他
雙目一眩，這種高調讓他感到噁心。見學生看得着迷，他繼續
往下層走，躲開頭蓋上直接照射的光源。

　　皮鞋的碰響在地下和一樓的拐彎處靜止，譚老師把軟乎乎
的身體靠向窗邊，重新架上眼鏡，視野才清晰起來。球場上幾
個男學生正進行球賽。秋風裏他們只穿上一件螢光球衣，露出
黝黑結實的手臂，雙手隨着急促輕盈的步伐搖擺，球衣灌滿風
時更像一個鼓脹的氣球。在乾燥的秋日傍晚裏，男學生的前額
還是滿佈汗珠，在操場白燦燦的燈光下閃爍着，頭髮濕濕濕濕
的凝固在頭頂，形成一個火焰般熱情的髮型。

　　隔着半個樓層的距離，梯間的光管同時把譚老師的頭蓋照得光亮。他知道腦後的荒地已經沒法挽救。他勉強頂着難耐的頭痛，想像自己鬆開領帶，衝出球場，奪去男生的球，邁步躍上更高的地方。劉文倩和她的同學大概會為她們的譚老師鼓掌。

阿紫的彩虹

　　小巴在路上疾馳。阿紫愣愣的望向窗外，捕捉往後不斷飄移的景物。小巴由油塘駛出油尖旺，剛把啓業邨拋在車尾，現在窗外掠過的是彩虹邨翻新時重新髹上的七色外牆。置身流動的車廂裏，那真像一條連接雲朵與雲朵的彩虹橋。

　　阿紫想起昨晚跟女兒溫習默書時，一同唸着rainbow這個詞語。小敏的英語能力是不俗的，可是一個多於六個字母的生詞，背誦上需要花點功夫。她重施故技，把詞語切割成rain和bow，解釋説雨水叩頭後便會見彩虹，以小敏的天資，頓時便把這個英文詞語牢記了。阿紫為此感到滿滿的成就感。她拍拍身旁小敏的肩膀，讓她就算沒見過真正的彩虹，也能一睹彩虹邨的藝術色彩。可是車速實在太快了，小小的臉蛋兒看出窗外時，那些色彩繽紛的樓宇已經撤去，阿紫順着自己攔在窗前的手指看去，只見金屬牆壁、透明玻璃和雜亂的樹叢交錯閃現。小敏仰起臉，一臉狐疑，見母親欲語還休，又復前看，繼續觀察車速顯示器上跳動的紅色數字。當數字隨車速飆升至七十左

右，小敏便會雀躍地碰碰阿紫的手臂，「就快嘞啦！」奔馳的雜音中，女兒高亢的聲線還是那麼悅耳。阿紫儘管感到有點疲累，仍然會微側着頭，給她報以一個溫暖的笑容。

車輛飛馳過啓德和九龍城一帶，很快便進入土瓜灣。小巴停在路邊上落客時，阿紫在突然變得寧靜的車廂裏，看到左邊人跡罕至的宋皇台公園。雖說小敏年紀小，可是這樣難得的古跡文物是教授歷史知識的好機會，她馬上搖搖女兒的肩頭。小巴靜止時顯示器復歸於零，小敏有點氣餒，因着剛才車速未超過八十而聽不到嗶的一聲。她抿着嘴回頭，等待母親的示意，卻從她臉上看到一個驚愕的神情，「媽媽，怎麼了？」卻見母親舉着食指輕放唇前，示意她別作聲。小敏覺得母親今天神經兮兮的，可是既然小巴再次啓動，她便繼續靜靜觀察跳動的數字。

沒可能的！那個剛上車、如今坐在車門旁邊單人座的男人，從側臉看竟帶着再熟悉不過的面部特徵。阿紫曾經用手輕輕撫弄，又笑言有天趁他沉睡時削去的眉毛，如今還那麼凌厲如劍，在顛簸的車廂裏彷彿要躍出他尖小的臉。那深陷的眼曾在月色下近距離凝視過她，又曾為她滿溢憤怒和不捨的情緒。那年在機場入閘處，更為她撒下幾點淚花。他唇上那匹鬍子，修剪得如記憶般整潔，鬍子末端曾沾上她一星晶瑩的唾沫。

那些歲月的回憶，因着他的出現，隨窗外土瓜灣一帶的民居悄然映入阿紫的眼簾。她感到一陣暈眩，連忙閉上眼睛休息，沒想到顛簸的小巴高速得彷彿把她拋離地面，穿越積水的

雲，飄升，把她駛回一個熟悉的年輕的國度。就像當天她在機艙裏感到耳鳴，飛機急速前進，輪子在跑道的盡頭收起，他們的距離漸漸變得遙遠。那時她後傾在椅背上，放鬆身體，仰望異國的明天。

「就快嚟啦！」一把聲音把阿紫拔出那個可怕的空間。張開眼，只見小敏急忙用小手捂着嘴巴，好像自知做錯了甚麼。她看見只有兩米之隔的紅哥按着手機，沒有意圖追蹤聲音的源頭，不禁呼了口氣。

為甚麼老天爺要跟她開那麼大的玩笑，現在才把紅哥帶到她的眼前呢？失去聯絡多年，回港後好一段日子，她每天背着新結識的男友，這樣傻乎乎地前來土瓜灣，期望這樣的偶遇出現。走得累了便買一個麵包，在宋皇台公園靜靜地吃起來，讓野鴿把孤獨的她圍繞。

如今一貫瀟灑的紅哥就坐在她不遠處，她身旁卻多了一個女兒。

或許，時間是最嚴苛的審判者。在異國深造的日子，時間讓他們永遠不能共度黑暗和光明。阿紫偶爾在深夜的宿舍靜悄悄通話，抵住一天課後的疲勞，紅哥說上兩句便又急着開啓他新一天的工作。時間磨蝕了他們。再美的偶遇，只消時候不恰當，擦肩而過的一霎只會撒下唏噓。

乍暖還寒的初春，車廂裏的阿紫卻感到身體微微發燙。小巴在理工大學附近落客時，她用十指竭力挽着車窗，盼能拉出

一條小小的縫隙通風。車廂裏的窗子都很頑固，像沉重的記憶，在生鏽的軌道裏凝滯得難以挪動。阿紫好不辛苦才能讓一絲清風進入，才發覺車門旁邊的座位早已空着，椅面上殘留紅哥的溫度。

　　小敏摟着雙肩，大概是風讓她感到寒冷。阿紫從手提包裏掏出一件披肩，輕擱在女兒的肩頭。她凝望快滿八歲的女兒，在她健康的臉上看見一道彩虹。小敏報以微笑，眼睛再望回顯示器。她心想，母親今天真是神經兮兮的。

阿 紅 的 天 空

鐵棍敲碰的聲音盪着，嗒嗒，嗒嗒，貨車在規律的節奏裏倒駛，謹慎地拐彎，從兩輛貨van之間躋身進入，順利停泊。阿滔向車頭大呼一聲，也許是呼喝得粗莽，根本沒聽出他在喊些甚麼。他放下棒子，旋律和拍子散開，阿紅把貨車煞停，縱身一躍。阿滔奔往管理處，說是打交道，實情是偷懶，「蛇王」。

時值盛夏，工業大廈的停車場更是悶焗，汗水滑落阿紅尖小的臉，幸好他臉部毛髮多，鬍子和眉毛替他擋去不少水。車尾板徐徐降落，恰好抵住升降機前的高台，阿紅於是能在平地上行走，自由進出貨櫃，不必在斜度上費力推拉貨物。尾板平躺時，貨櫃像極了一隻貪婪的獸，吃得過飽而吐出舌頭嘔吐。

阿紅也想嘔吐，特別是在封閉的空間裏。貨櫃的鐵皮儲熱，空氣不流通，阿紅將紙箱抬起，竟隱隱有點窒息的恐懼。他沒心思多管箱子藏着些甚麼，只知紙箱表面凡是印有易碎標誌的，都不能成為他發洩的對象。只要瞄到一隻高腳玻璃杯，困在圓圈加一斜的禁止圖案內，阿紅只好嚥一口唾沫，再收起

他打算踹它一腳的腿，説兩句髒話，算是補償。他在貨運升降機前，看着上方漸次亮起的樓層數字，數字列因殘舊而有缺漏，橙色燈泡移到該樓層時只亮出一個破洞。阿紅的手黏黏濕濕的擱在紙箱頂，偶爾扶正偏移了的箱子，不容一點偏差——他總是這樣認真和謹慎的人。因此，當年阿紫從他的指縫溜去後，他的生活跌入突如其來的落空，過得很糟糕。曾經撫摸她的手，也變得越來越粗糙。

搬運貨物需時或長或短，因此貨運升降機往往不設自動門，搬運者需要自行開關。這工廈還是用舊式那種，升降機是朝上下裂開的，而非橫向推開。阿紅憑着聲音得悉升降機抵達，便從中軸掰開閘門，貨運升降機頓時像一頭巨獸，張開大口，流出黯淡的光，迎接來自另一頭巨獸的嘔吐物。阿紅好不辛苦一面推車一面扶穩疊起的箱子，生怕易碎品會在紙箱抖動和傾側中粉碎。他再合上門，像一個執意要蓋上獸的嘴巴，犧牲小命來換取族人自由，視死如歸的烈士。他感到足下生起一種抗衡的壓力，便知道封閉的空間正在上升。光管毀了一條，似乎無意更換，另一條纏滿塵絲。他想，是日久的擱置讓它蒙塵了，也因蒙塵，才會顯得黯淡。

假如不是附近紅磡一帶工廈林立，方便出入工作的關係，阿紅大概早就遷離土瓜灣，這個跟阿紫有太多回憶的地方。人必須流動，必須遷徙，拓展自己的版圖，視野才不至於太狹隘。多年前花園餐廳的那頓晚飯，阿紫把留洋升學一事告訴阿

紅，二人爭吵後回復平靜，她在昏暗的燈影下，說過一番類似的話。他感到眼睛有股龐大的壓力，可是他沒有流出淚來，愣愣看着半張臉墮入昏暗的阿紫。她的語氣溫和，卻隱隱透露決絕，像魚腹位置的碎骨，教人啃上去時往往防不勝防。他再沒心情進食，原來用作切割牛扒的刀擱在碟子邊緣，半生熟的扒分切成兩邊，卻仍未斷裂，只露出滲紅帶血的內側，伴隨喝了半碗的羅宋湯，凝固那個瞬間。等待一切放涼了，便被收走。

於是學歷不高的阿紅選擇了做苦力，選擇以勞動磨蝕思考。勞動過後，阿紅會隨意去大排檔或茶餐廳吃碟炒河，返回土瓜灣的住所倒頭便睡，做過的夢，在醒來後能迅速遺忘，然後投入新一天的勞動。生活周而復始的循環着。大概阿紫的話不錯，她的視野想必拓闊了不少，甚至寬得早已把他遺忘，像疲勞過後的夢。但她的話在阿紅身上沒有奏效，他的貨車開拓的版圖越廣，他越感到懊悔。他懊悔那個夜晚，侍應生伸出不確定的手，取走他的半塊牛扒時，他沒有揚聲示意要挽留。

阿紅討厭逗留在貨運升降機裏，被粗暴地挪移。他想起昨晚用膳的餐廳，廚房與樓面不同層，服務員需要憑一聲遙遠的叮，前往運送食物的升降機接收食物。服務員為食物升降機裂開一道縫，取出他的牛河，機器的設計也是上下拉合的。阿紅很自然便把自己想成食物，一客牛扒，或半碗羅宋湯，運送到點餐顧客面前，然後讓生活的巨口吞噬。他再一次感到窒息的恐懼。地板抖了抖，固定了樓層，他上前把升降機門拓開。

　　阿滔等阿紅食晏，他倚在工廈停車場門口，叼一根煙，不識趣的逗着吃飯盒的管理員聊天，吐出的霧靄從窗戶飄進管理處，管理員不由得咳嗽兩聲，偶爾陪笑，不好意思驅趕。阿滔覺得阿紅今天手腳慢了，不知是不是他的女友跟他鬧翻了。其實阿滔並不知道阿紅是否有女友，他們其實不算太熟，吃飯時只聊工作和搵食，好像生活除了勞動以外再無意義。偶然阿滔會談起女人，阿紅就臉色一沉，也從不評論女人的身材，他甚至因此竊自懷疑阿紅是同性戀者，這樣的聯想教他噁心。於是阿滔學會避諱，不再跟阿紅勾肩搭臂如昔。

　　貨運升降機推開，阿紅從獸的嘴巴推着空空的手推車出來，活似一個死裏逃生的烈士。他收起貨車尾板，躍上駕座，阿滔迅即回到副駕，一臉嬉笑。貨車重新投入陽光的懷抱時，阿滔不忘伸出窗外，俯身向管理處說聲再見，不知道還以為管理員是他的老友。前往下個目的地期間，他一直口若懸河分享着他和管理員的談話內容。阿紅對此不以為然，他不想說話，更不想建立沒有結果的關係，像阿滔那樣四處留下足印，再在那些素昧平生的人心裏淡忘。

　　阿紅趁紅燈亮起，貨車停駛時，將車窗攪動下來。悶熱如故，生活如故，欣喜的是，他尚能吸一口清新空氣。

兌

　　對街唐樓的陰影處，一個人影支着拐杖。我隔着反光的玻璃，瞇着眼，好久才把你辨認出來。

　　我不知道你的名字，甚至不了解你的姓氏。對於你第一次出現是多久前的事，我早已遺忘，只記得那年代，一百元人民幣尚能為你多換來十多元港幣。你瑟縮一角，手裏拿着兩個小膠袋，從它鼓脹的輪廓我能猜出裏面裝了麵包。你在唐樓的屋簷下躲光，陰影把你壓得矮小。你左顧右盼，在車輛縱橫交錯的路口前，彷彿茫然於方向。

　　那天你藏在燈柱後，瞇着我窗前的數字很久，你頻繁地點撥指頭，我知道你在運算匯率。你翻遍背心外套的口袋，終於捎來一張充滿皺褶的百元人民幣，不攤開，直接將扁塌的紙卷兒扔進弧形的洞口，示意我兌換。你沒有說話，我好像不怎聽過你的聲音，從你黝黑粗糙的皮膚看來，你似乎並不屬於這個城市。我把紙卷兒攤開，毛主席的額頭裂開一角，用膠紙縫補着，脆弱得捧在手裏感覺像一觸即破的泡沫。點鈔機循例將你

的紙幣從上撥到下，顯示器展示一個沉悶的1，我按計算機，沒待你點頭，就把紙鈔和零錢一概丟進弧形出口，彎彎的洞口竄來外頭的暑熱，我臆測你也從洞口感受到冰涼。但汗水淋漓的你似乎只着眼於數字，為多出的十多塊錢而滿足，緩慢而珍重地，逐一兜起錢幣，收納到不同的口袋。好些零錢回滾到洞裏，發出金屬叮咚的碰響。我有點不耐煩，拉上擋板，免得空調溜出去。屏後你折騰良久才姍姍離去。

打從那次起，你相隔一段日子便前來，兌換的紙鈔仍然殘舊。我曾想過借故推搪，但這畢竟是生意，而你投進來的紙鈔也不是偽鈔，我並沒有理由拒絕提供服務。遞進來的紙鈔脆弱，有的滿佈斑駁補合的痕跡，有的空白位置寫上了電話號碼，小小的數字像幼蟲。你也會不經意，隨手把錢幣以外的紙片投進來：褪色的收據、未蓋印的優惠卡，還有一張陳二妹的覆診卡，我全數歸還，連同你兌換的港紙一概抵在擋板以後。偶爾你會從不可思議的地方抽出鈔票，如舒展的袖口、衣領的鈕子甚至襪子和鞋底。低頭計算時我不禁分神想像，你在清晨的大街上散步，身後掉下一張復一張發霉的鈔票。過路的人就如糖果屋故事裏的鳥一樣，沿你走過的路徑將其撿拾，蠶食你走過的痕跡。

你似乎意識到，我兌換給你的錢越來越少了。生活在這城並不容易，豐足的生活也似乎離你甚遠。你不曾嗟嘆，默默將換來的、九十餘元的港幣收藏，不繞過街口的交通燈，直接

邁着快步過馬路，入了麵包店。我從對面馬路，瞄到你在麵包層架前立着，繁忙的公車將你的側臉輾過又重組。你躊躇，拉起弧形蓋板又合上，恍若在酒店的自助餐宴上，掀開一列沉重的、蘊藏暖意和驚喜的圓形鐵爐金屬蓋。盤上的麵包替換幾番，我不知道你挑了甚麼款式的麵包，只知你總會握着兩個鼓脹的小膠袋走出來。你屢次被門前梯級弄得幾近絆倒。

　　但你身上沒有抖出鈔票。門旁懸着的一列橘色麵包夾悠悠蕩蕩，反射出刺眼的陽光。待我重新聚焦時，對街唐樓的暗角再不見你的蹤影，換成兩個等待過路的年輕人，在抹拭額角的汗珠。

影

　　Mark守在明亮的位置，稍稍哈腰，身體往下微沉，扎了個穩健的馬。他抬起胸前的攝影機，托至眼睛的水平線，螢亮的褐色眼珠瞄進去，手控着機體，手指旋動着鏡頭，調校焦點。財叔蹲在陰影處，顯得有點不自在，據聞攝影機按下快門的瞬間，會攝去人的靈魂，故此他不敢直視鏡頭——那塊渾圓而深邃難測的晶片，反正Mark囑咐過他，不要望向鏡頭，這倒會破壞作品的自然美。

　　財叔不知何謂自然美，自然在他的觀念裏大抵只有這廊道的風。一如許多個尋常的昨日，他挽着證券所派發的環保袋，盛了個麵包，一瓶水，拐彎往地鐵站取了份am730，來到尖沙咀文化中心外的廊道。財叔愛看海，可他也畏懼大海的遼闊，那種足以吞噬光明的遼闊。他想，年輕時艱辛南下來港，漆黑中攀越鐵絲網，越過邊境，經歷無止境的浮沉，只想擺脫故鄉的荒漠，來到這足以包容他的港口，成家立業，哪怕「業」的定義只是每天握着掃帚，將撒落大街的落葉匯聚，然後統一清理

罷了。

　　文化中心的廊道別具特色，傾斜的柱子疏落有致，彷彿是不可或缺的支撐物，將建築承托得更牢固。烈日的照耀下，柱子的陰影映在地上，與空隙篩下的陽光互相交替，遠看去，像極了黑白參半的琴鍵。Mark便是其中一位慕名而來的攝影師，他抵港後迅即來到尖沙咀海旁，瞻仰地標鐘樓，然後開始捕捉地上的光與影。他步過廊道，高舉相機拍天花，拍傾斜的柱，拍地上遙望過去的一列光影。Mark鍾愛攝影，可惜藝術不能為生，只好依附當地一所大學做研究，申請微薄的研究經費度日，職責還包括帶領一班新生進行每周兩節的tutorial。他反覆按動相機，為搜集到這些教授Perspective（透視法）的絕佳素材而竊喜，抵着反光的屏幕，畫面依舊富層次感，遠近有別，黑白分明。朝廊道延展至底，Vanishing point（滅點）是發白的鐘樓和無垠的光明，似是一種積極的隱喻。Mark決定加強對比度，繼續拍攝，將黑白兩色拉往極致，使他全然忽略了一個匿藏陰影裏的黑點。

　　財叔啃着預先帶來的雞尾包，享受着餡兒帶來甜絲絲的味道，忽見一位洋人手持相機，緩緩走近。白皙的臉進入廊道，時而燦亮，時而昏沉，冷不防對方朝他架起相機，按下快門，攝下他雙頰鼓脹、一臉惶然的窘態。

　　影咩呀影！財叔咆吼，說時嘴角溢出了幾星椰絲碎，攞住塑膠水瓶直往Mark的方向潑水，像在鄉下時，驅逐門檻旁邊，那

隻成天窺伺母雞的野貓。一片斑斕的水印就此濺濺到日照的部分，閃閃發亮。Mark知道受罵，仍耐不住美學神經的刺激，把這位街頭漢子憤怒的證據盡然拍下。仲影？財叔支起身，邁步前來，誓要摔破Mark手中的爛貨。Mark靈活的腰肢一旋，躲開財叔猛然張來的手臂。Sir，我是外國的攝影師，來香港拍你們的情況，為你們改善生活。Mark不會操流利粵語，發音和用詞顯得拙陋生疏。財叔一愣，迅即哈腰大笑。二人站立的位置遭日光照得耀眼，財叔復返回陰影裏，蹲身，在報紙鋪成的墊子上坐下，緩緩道：改善我哋生活？鬼仔哥哥，你講笑咩！

啃剩半片的麵包帶着齒痕，擱在報紙上，空洞的水瓶倒臥旁邊。免費報紙的尺寸已經不大，如今半張還被水沾濕了，Mark想像油墨刻上包底，而老漢會把刻印上方的報道一概吃進肚子裏。

看老漢的敵意消減，Mark遂踏入陰影裏，瞳孔漸漸適應光差，周遭彷彿黯淡下來。他只能看到，眼下老漢帶着混沌的眼，屈膝蹲坐在一席濡濕的報紙。Mark感到不可思議，這個堪稱東方之珠的城市，絢麗繁華的地方，為何一個老頭子屈身於此？只是他不知道，財叔也曾對此懷過盼望，只是林立的名店、爭相比高的樓宇逐漸把身材並不魁梧的財叔擠出，把他推往一個狹隘的地方，那裏只有木板區分他與別人的隱私，難眠的夜任由隔壁漢子的鼾聲繚繞。自從單位的清潔外判給信譽良好的集團以後，財叔撤下他握了半生的掃帚，每天沿漫長的彌

敦道，從深水埗步往尖沙咀海旁，只圖這裏遼闊、通風。

　　Mark的表述能力有限，可他深信，視覺藝術是足以打破溝通障礙的共通語言。他從相機翻出一些舊作，蹲下，依在財叔身旁示意他觀賞。財叔本以為螢幕會顯示椰林樹影、崇山峻嶺，又或璀璨的煙火和聚攏的人群，但他發現畫面沒有稠密的人煙。寥落的街道上，年邁的婦人緩緩走過，扶着拐杖駝着腰，仍賣力前進。每張照片都有這麼個微小的身影，儘管他們是照片的核心，但Mark不曾讓他們佔據圖片的正中，或刻意放大額上縱橫的紋、臉上的愁容，只讓人物自然而然地出現，儼如生活的寫照，沒半點人為的色彩。

　　財叔輕推開相機，凝視地面，那看似由碎片拼湊成的地，濺出的水已經風乾得了無痕跡。他將拇指和食指黏合，另外三根指頭舉起，展示一個OK的手勢，讓自己融進Mark的作品中，成為照片的核心，抑或單純的佈景板。

　　半年後的一個黃昏，艷紅的落日照在文化中心的玻璃門，遮擋內裏的乾坤。門後正舉行Mark的攝影展覽，其中一張題為「Shadow」的作品，被放大成屏風的大小，使陰影處的財叔也有半根指頭般大。場刊的設計也取用了這照片作封面，畢竟拍攝地正是文化中心，Mark固然知道館方的心思。可是，當Mark推開褐色的門，徘徊廊道之間，卻再也尋不見匿藏柱子下躲光的身影，取而代之的只有周日的外傭，圍聚分享食物，用紙皮箱建成一座復一座自足的世界。

　　Mark遙看入夜的維多利亞港，對岸的商廈漸漸亮燈，準備於指定時間，上演幻彩詠香江的表演，供海邊的情侶、遊艇上的旅客觀賞。他彷彿看到，財叔的身影逐漸在絢爛的燈火裏淡出，永遠停駐在他的照片裏。

裁　員

　　李主任關上門，外頭也傳來大門推動的聲響。童稚的聲音隨即響起：「你説人事部要裁員，那麼我這樣的新人，沒經驗又沒有甚麼業績，豈不會被宰掉？」話裏透着驚慌，聲音抖抖的。在一壁之隔的李主任聽去，就如他射進馬桶的尿液，一節一節的，斷續不順暢。

　　這年輕人大概是入職不久的 Peter 吧。他的相貌和名字一樣平庸，李主任沒法搜索到他年輕的容貌。這年頭的年輕人也真夠慘的，初出茅廬，在該拼搏的時候，恰好遇上疫症，公司虧蝕嚴重，李主任和其他幹事商討後，只好做出裁員的決定。外面尿槽自動沖水，流水吧啦吧啦沖洗寂靜。一把男音才蕩起來：「睇開啲啦！」拉鏈滑上，聲音利落，李主任聯想到一條磨白的西褲，因為穿久了，拉鏈牽扯時變得順暢。「一切睇個天，唔到我哋話事！」從粗糙的嗓門不難猜出是老臣子阿權，他似乎看得很開，為安撫 Peter 仔，才説上兩句門面話。

　　李主任小解完畢，沖水前記起了政府宣傳片的防疫呼籲，

放下了廁板才按沖水鍵。封閉的馬桶傳來悠遠的水聲。他原本
打算待門外二人離去才開門，可是待了十多秒，外頭還未有開
門的聲音。想到會議室正進行人事部調動會議，他不得不着急
起來，按捺不住還是扭開廁格的門鎖，跟洗手盆前二人打了個
照面。二人先一愣，笑着讓道給李主任。鏡子裏二人門神一樣
站着，守護主任兩旁。

　　李主任擠出粉紅色的梘液，徹底搓揉了二十秒，才把一掌
泡沫湊向水龍頭的感應位置。搓揉的過程中 Peter 仔先開口，
向他打聽公司裁員的消息是否屬實。李主任沒有答話。他正以
眼角瞟着鏡子裏的臉，想把他的臉孔牢牢記住，這是人事部主
任理應能做到的事情。可是 Peter 仔戴上了口罩，只露出兩顆有
紅絲的眼球。左邊的老臣子阿權站在洗手盆前，隨意把手濕了
濕，便甩甩手把水滴揮去，像例行的儀式。他沒有戴口罩，事
實上也沒有做任何防疫措施，仿佛病毒與裁員一樣沒法把他嚇
到。他臉頰上的痣清晰可見，痣的位置又延伸出一條長長的鬈
曲的毛。

　　甩了甩手，Peter 仔識趣地走到旁邊，為他扯抹手紙。公司
使用的抹手紙都很劣質，纖薄、粗糙，濕水的手從大捲筒扯下
紙來，很容易撕裂。Peter 仔好不狼狽遞上抹手紙，紙張遇水迅
即融化成屑。Peter 仔見李主任接受了他的好意，似乎有過度的
詮釋，口罩後隱隱藏着笑容。老臣子阿權上前為他開門，用腳
抵住洗手間的門，手掌向外一引，示意李主任先行。

　　李主任覺得此地不宜久留，把手裏糜爛的紙巾匆匆丟進垃圾箱，便迅即離開。跨過門時他的眼盯着地板，掃過一隻磨損了鞋頭的皮鞋。返回會議室的路上他反覆翻着手掌，拔去那些未清理好的紙屑，暗罵了一句：他媽的爛貨真纏人！

鳥　啼

從那人離去那天起，程深開始逃避日光。

他的生活餘下混沌。每個深宵，他都會坐在床上怔忡，看窗外教人心慌的漆黑。凌晨時分，程深把頭探出窗，社區陷入沉寂，附近沒有一戶家庭亮燈，住戶都各自巡遊自己的夢裏。他只有頭上的燈泡作伴，光淺淺照亮了窗檯。就這樣，他抱膝蜷坐，愣待到清晨，才揚起棉被，將身體埋進去。

芳姨沒想過，那人的不辭而別會為兒子釀成災難。

她從酒樓落場下班時，順道攜了袋賣剩的菜，省得走遠路往菜市場，爭奪幾斤發黃的菜莖。這樣變相能早點回家休息，心情便不由得輕鬆起來，食指串着鑰匙一旋一旋的。她跨過門檻，將信件擱在茶几。她不懂英語，但在升降機運送過程中，已學會將信件按封套上的拼音歸類，深曾教她判斷的方法——有FONG字樣的是她，SUM的則是深的。那天兒子語帶不耐煩，指頭篤着她不明所以的英文字，那封她錯誤拆開的深的信件，大概是張賬單，密麻麻的數字教她眼花繚亂。沒待她理清頭

緒，深已上前奪過信件，揣回自己胸前，不忘向芳姨一瞪，像頭猜疑的獸。芳姨連聲道歉，低頭盯着那個糊爛的信封，思忖原來郵費已漲價到兩元（好像不久前還是一元四角）。她回廚房洗米，從米缸掏出米測量，心裏一直默念着 F-O-N-G，彷彿要適應一個新的名字。

家裏好像有點不尋常。

這公屋單位雖然狹小，但不至於死寂，清晨和傍晚還能聽到鳥的歌聲，大抵因相隔很遠，不刺耳，倒為小區添了點興味。上小學時，課後深總愛跟她挨在窗前，沿着鳥聲，比拼誰能更快找到鳥的蹤影。儘管兒子個子不及她高，可他總能比她更早尋找聲音的源頭，然後驕傲的笑起來。他咧開嘴巴，露出一排鬆脫未脫的乳齒，還漏了幾個牙洞，逗趣得很。

芳姨那時就察覺，深是個敏感的孩子。

當他再度被母親推醒時，肢體燠熱得像已融成了一灘水。

時值初夏，深偏不讓芳姨收攏棉被，決意壓住自己，像個發燒病人熬出汗來。芳姨美好的心情瞬間破碎了，她抓住被單一角，掀起被子，深渾渾噩噩反應不及。身下皮膚黏着床單，悶出一股發霉的氣味，皮膚因汗水而發亮。他感到遍身的毛孔忽然遇冷，萎頓，收縮。芳姨沒想過，長大了的兒子會一絲不掛蜷縮床上，在她眼前劇烈顫動着，像一個胚胎，昭示脆弱的生命。他緊捏着一張照片，照片有點皺，那人的臉被他捏出深刻的指甲弧痕。深才剛夢見，二人攜着手，時而浮沉大海，時

而躺在珊瑚叢中，傾聽不知哪來的鳥聲。

　　酒樓的剩菜用發泡膠盒盛着，裹在印有酒樓商標的袋子。芳姨不敢把蓋子掀起，她怕看見水氣凝結成水珠，倒流食物表面，把鴨腳扎的腐皮染得亮濕，稀釋了味道。晚飯時間未到，深的房門仍緊閉着，她知道兒子今夜會草率扒過幾口飯，便回到房間，繼續待在漆黑裏頭。

　　天空漫着橘紅，芳姨走到窗前眺看起來。黃昏的路人似乎放緩了步伐。鳥聲一如往常般奏起，與不知哪戶人家的孩子練牧童笛的聲音交織起來。偶爾漏音，或錯了調，又得重新吹起。芳姨想像牧童笛管子上的洞，稍撳不緊，音節便抖抖的洩漏出來。

　　像多年前，乳齒脫落的牙洞裏，兒子漏風的笑聲。

解 虫

　　美玲剛起床，第一時間並不是用晃晃的步履踏入洗手間，而是走向窗台，瞧瞧魚缸裏的蟹。今早陽光正好，室內沒有點燈也是亮燦燦的，陽光染白了她的雲石窗台。這大概是美好的一天，美玲心裏嘆道。

　　方正的小魚缸裏沒有魚和龜，沒有擺放裝飾用途的假山和彩石，只有一層薄薄的水，散發着淡淡的海的味道。渾濁的水面蕩着幾顆發泡魚糧。這是美玲一廂情願的做法，她並不知道蟹需要進食些甚麼。那天她在供讀者關注的IG網站公開發帖，提問有關飼養蟹的事情，附一張蟹的圖片。圖片是她從網上下載然後加濾鏡的。數秒後紅色泡泡標記接續冒出，好幾個忠實讀者的回應是紅蟲，她腦海晃過多條蠕動的紅蟲，像盤纏一團的不明恐怖生物。她感到頭皮發麻。美玲在那些「紅蟲」和「紅蟲+1」的回應下逐一讚好，算是了結一個話題。有時她覺得應付這些聲音是頗疲累的事情，想像不斷湧出的留言是紅蟲，這樣「+1」遞增下去將會有多可怕。她最後買了一罐魚糧權充蟹的

食物，就在旺角金魚街。過後她轉入西洋菜南街，經窄小的樓梯到樓上書店翻一個下午。等待一兩個粉絲抬起頭，輕托眼鏡時把她辨認出來，再簽名，拍照，上載IG。

　　陽光篩下魚缸，美玲看見蟹靜靜停留在光明的角落，沐浴於日光。美玲想，這小生物是在漆黑的沙洞中活膩了。儘管她沒能知道蟹的心思，甚至沒法憑裝上彈簧般的小眼珠，來臆測蟹的情緒。但她大概能體會蟹渴望光明和溫暖，像她。上周日的太陽跟今天一樣猛，美玲踏上大澳沙灘，腳陷入沙的每一步，隔着人字拖膠鞋底，也感受到陣陣發燙。偉明拍拍她的肩頭，向她示意沙地上一個小小的漩渦。漩渦有點動靜，美玲和偉明蹲着看。一隻蟹忽然從那裏冒出來，揮着小小的蟹鉗在沙上橫行，遺下一列綿密的針刺似的足印。美玲喜歡自然生態，卻沒想到偉明扭開水瓶的蓋，把剩餘的兩口礦泉水一飲而盡，迅速把蟹撈進了瓶。蟹就這樣痛失了一個沙灘。接近潮漲的時候，美玲感到海水逐漸漫上自己的腳，腳下少了幾分滾燙，多了幾分清涼，沙濡濕濡濕的黏糊在她的腳腕處。偉明乘湧過來的海水，把水瓶再一晃，撈了一把鹹水。蟹在瓶子裏浮沉不能自已，像那種注滿彩色液體，不論如何傾側，裏面的小裝飾始終浮蕩水面的匙扣。

　　美玲心裏清楚，一意孤行將蟹帶回家飼養，把蟹禁錮在自以為美好的魚缸是一種罪惡。可是她渴望維持這種表面上的美好，至少蟹仍能選擇牠魚缸裏佇立的位置，在光明和陰影間作

出取捨。她從魚缸表面折射的倒影裏看見自己淡淡的笑容，可是頓時又覺得很糟糕——她頭髮蓬亂，散落肩膀上似一團髒物。剛睡醒的素白的臉沒有半分紅潤，臉頰乾乾的起皺，睡眠充足但眼袋仍然莫名的浮腫。她把臉移向魚缸的陰暗處，黑色的背景能夠把臉照得更清晰。這時她才驚訝地發現，魚缸昏暗的角落躲着另一隻蟹！跟陽光底下靜止的蟹相比，陰影裏的蟹揮動着小鉗，無力地虛晃，兩顆小眼珠溜動着。美玲只懂發着愣。

怎可能多一隻蟹？美玲揉揉自己的睡眼，挑去眼角一團乾了的眼垢。沒錯呀，的確是兩隻蟹。難道牠生育了？還是牠的同伴趁着夜深前來救贖不果？像美玲這樣一個網絡小說家豐富的幻想下，再荒唐的事情也是可能的。她糾結着是否應該拍一張照片，傳送給偉明，告訴他這刻的驚慌。她抖抖的拿着手機，因為不擅長取角度，鏡頭無論如何都反光，她蓬亂的髮像帷幕一樣披散，會經過折射並映入照片裏。她決定先整理儀容，免得有損偉明對她的印象。

刷牙時她的嘴冒出泡沫，像蟹。美玲一邊洗漱，一邊思索有關蟹的問題。她回到房間，在梳妝桌前面對鏡子，開始撫揉臉上乾燥的皮膚，褪下一些死皮，然後蘸上一指護膚霜，將粗糙的荒地磨平。她忽然想起蟹是脫殼的動物。她匆匆走近窗邊，再觀察陽光底的那隻蟹，的確一動不動。美玲凝神注視了很久，直至更猛的光柱照在蟹的身上，她才隱隱看見它透光的

軀體——那真的是殼！

待她的嘴唇塗上一抹紅，風筒把髮絲吹得微暖又柔順時，美玲梳了梳頭髮，髮線左右平均分配，並且確保能露出她的「美人尖」，額頭涼涼的。與偉明外出時她會佯裝不經意撥弄自己的長髮，讓自己這個象徵嫵媚的特質得到充分展示。飯桌上她學習收斂笑容，不露齒，小口小口的咀嚼食物，以胃口小為理由，掩飾回家後用三分鐘煮杯麵下肚才能安心睡覺的事實。那天美玲沒有聽偉明的勸諭，明知大澳風大，也只套上一條布料很薄的裙，陽光下顯得透明和稀薄，像眼前的殼。她知道當天偉明整天糾結難安。

美玲漸漸了解到，原來蟹並不真的喜歡陽光，牠只是把沉重的軀殼卸在光明的地方，展示她眼前，掩人耳目，然後悄悄溜進黯淡的地方，那屬於牠的無拘無束的疆界。蟹終究還是愛躲在陰影裏，面對袒露的醜陋的自己。美玲舉起手機，對準魚缸，只是這次恰好相反，鏡頭焦點落在自己映在上方的艷麗的臉。她嘟着嘴，做一個可愛的表情才按下快門。

緣

　　她就在公園最盡頭的那張長椅上，靜靜地哭泣。

　　她沒有厲聲嚎哭，只是淡淡的淺泣，聲音很小，那些在清靜的公園裏顫抖的空氣粒子，體積小得足夠穿越耳朵，滲入人的身體，沿着血管漸漸注入心臟，讓心臟耐不住因而抽搐。你看她紅腫着雙眼，手裏握着一張紙，一面閱讀，嘴巴一面喃喃讀着紙上的內容。

　　她輕聲的抽泣低調得很猖狂，抖抖的聲線叫你無從得知文字的內容。那張紙看上來還是挺簇新的，只是上方有兩道摺痕，把紙張平分成三個部分。聰明人如你不難猜出這是一封信，叫她傷感的消息在脫去信封的一刹便殘酷地暴露她的眼前。於是你不難猜想到她的故事。有關她臥病的父親化驗的結果，有關她那個刻薄的上司，有關她那個劈腿遠去只留下一紙薄情的男友。

　　公園裏，一排長椅中唯獨你的那一張被黃色條狀貼紙在地磚上框起來，定為吸煙區。你在黃色內框吐着煙，煙絲扭曲的

形狀與她斷斷續續的哭聲互相呼應。你沒法理解一個年輕女子如她，怎能獨自承受這種來自生活的殘酷的鞭撻？她那雙水盈盈的大眼睛在淚水的滋養下，顯得多麼教人憐惜。薄薄的兩片唇輕輕蠕動着，因為哭泣，嘴縫開合時雙唇顯得有點黏稠，吐出一個又一個無從考究的音符，如你從嘴裏呼出一圈又一圈無法掌控去向的煙團。

　　她的面孔是多麼的熟悉，你肯定自己見過這張淡雅的臉。如今，她彷彿是你上輩子遺忘了的故人，藉着緣分那種虛無的力量，再次出現你眼前，把你們牽引，重逢。

　　你正要把煙蒂的火種捏滅，她卻已經把手中的紙對摺，塞進手提包的夾縫裏，擦拭淚痕，然後邁步離去。你轉身，就這樣愣愣地框在黃色的內圍，目送一段美好緣分從公園的大門一拐而去。

　　飯後，你在廚房沖洗着碗筷。只有一人，因此你也省得用洗潔精，直接用水龍頭傾出的水柱沖洗油漬。獨處的生活寧靜得彷彿每種聲音都會加倍放大，因此當清水注入碗，濺出星星水花時，你敏感地聽到那熟悉的抽泣聲。那麼低調，那麼動人。關掉水喉，你濕淋淋的手隨意在汗衣擦了擦，循着聲音步出大廳。只見一雙水盈盈的大眼滿佈淚光，在電視屏幕上熠熠生輝。黏稠的唇吐出一句句斷斷續續的對白，俊美的男主角把她擁進懷裏。

餘 溫

　　晨光劃破雲層，把露台描成淡淡的金，直刺進李太惺忪的睡眼裏。趁陽光正猛，李太未往洗手間梳洗，便加緊腳步回到房間，把被單從床上扯下來。她和李生醞釀在被窩一夜的餘溫就這樣融入清晨微寒的空氣中，變得無法追尋了。李太個子矮小，把棉被捧出大廳時，必須高舉雙手，才不至於讓其中一角滑在地上拖行。她在晾衣架上用力一揚，熬了一夜的霉氣隨之抖落到樓下的公園，她一手按着沉重的棉被，一手從有點距離的小兜子裏掏衣夾。她竭力把自己的四肢伸延、拉長，滿是張力的身軀彆扭地傾側。

　　這樣的窘態往往讓李太感到難堪。她時常幻想自己擁有八爪魚般靈巧繁多的肢體，這樣她就能夠以最短的時間完成最多家務事，也免得洋相盡現，儘管這種情況下，她身後的大廳大多時候仍然沉浸在昏暗之中，家裏一般沒有別的人，包括李生在內。

　　是的，李生不在家。這個跟她相處了幾十年的男人，雖說

每夜跟她共枕，可是他飄忽的行蹤讓李太感到隱隱的不安。就如昨天傍晚，她從工作單位回來，便在樓下大堂碰上丈夫。李太連忙踏着碎步，躲在牆後窺探，丈夫正跟鄰居陳太搭訕，臉上一副詭秘的模樣。他更把手輕擱在陳太露出的圓滑的肩骨上，彷彿二人成功達成協議。風韻猶存的陳太微微點着頭，似乎對他的話照單全收……

她好不辛苦，指尖觸摸到一個尺碼較大的夾子，便把它伸出窗外，將棉被徹底固定晾衣杆上。任務完成後李太並未有把窗關上。她蹬着足跟，矮小的個子升起，頭顱才勉強探出陽台。她的眼睛順着樓下公園四周巡視。他們住在低層，她每朝站在陽台便能搜索到李生帶點佝僂的矮小的個子，在跑步徑上緩慢跑動。可是今天，隔着冬日凋零的樹幹，李太的眼睛來回掃視，怎也不能找到丈夫的身影。奇怪了，他大清早往哪兒去呢？

她的眼角不經意瞄到陽台上的日曆，薄薄的紙頁仍標示昨天的日期，微風下紙末飄蕩。李太上前把昨天的一頁撕去，捏成一個紙團丟掉，才發現今天是農曆十一月十五日。每逢初一十五，李生會大早前往黃大仙廟上香參拜，待正午艷陽高掛時才回家。李太彷彿想起了甚麼要緊的事情，急急回大廳撥一通電話，才慢條斯理地踏入洗手間梳洗。

面向鏡子，李太仔細梳理她帶點蓬亂的髮，腦海跳出丈夫跟陳太竊竊私語的情景。她真後悔昨天沒有細心聆聽他們的

對話，使如今心底浮現淡淡不安。李太一急，梳子纏着髮絲一扯，頭皮頓時傳出撕裂的劇痛。這時昏暗的大廳傳來了門鈴，擊碎了李太焦躁的心情。她扯了扯身上有點皺的睡衣，確保樣子不至於失禮，才疾步回到昏暗的廳，上前開門。

陳生走進家裏來，為李太關上了門。一聲安心的咔擦聲傳出後，李太整個人便陷進他的懷裏，擁抱着。

晾衣杆上，棉被沾染的李生的體味正在艷陽下蒸發。

醉　人

　　風由敞開的窗戶吹進，帶來這市區獨有的腥鹹氣息。

　　劉銘鼎忽然關上電視機，伸手一拋，遙控器正好落在沙發上，翻轉。他感到有點寒，伸手正要探出窗框，怎料水滴先行墜落，從屋簷落在粗厚的掌上。劉銘鼎沒有迅即前往清洗，他愣愣望着掌中的水，看水沿掌紋的分岔徑航行，風吹過時，掌心滲着微微的涼，心頭忽爾浮現舒坦的感覺。晚飯後他習慣倚在窗邊，看搖曳的樹枝，感受晚風，窗上倒映他滿足的笑容。晚風與白天的風不同，裏頭藏着滄桑的味道，把往日經歷的一切吹往遙遠而虛幻的境地，這教年邁的劉銘鼎沉醉。

　　他回過神來，踏入廚房，從冰櫃取出凍肉，放在鋅盤解凍，方搭上外衣，拿起勾在牆上釘子的鎖匙，下樓去瞎逛。門前懸着一面鏡子，他把腿套進涼鞋時，從中看到了自己，穿着工整的襯衣，頭髮雖然銀白，卻梳理得妥貼，這讓他不由得咧嘴而笑。鏡下有張白紙，清楚標示「記得帶鎖匙」五字，僵冷的新細明體，那是張姑娘替他貼上的。他忘記張姑娘何時，以及

為甚麼前來家訪，只記得一張雅致的臉從門縫冒出，討人喜歡的樣貌，他便糊裏糊塗讓她進屋。劉銘鼎想，要是文倩長成張姑娘這麼得體的女子，那該多好。

劉銘鼎喜歡煲劇，喜歡觀看漫長的處境劇集，與角色建立感情，再看編劇如何譜寫他們的命運。販賣廉價光碟的影音店是他恆常的落腳處。雖說相比逗留的時間，他光顧的金額確實有點少，但總不能因此白吃店主的目光。打從第一天開始，劉銘鼎已覺察，店主對他在店裏消磨時間的舉動感到厭惡。店主時而湊近他，佯裝收拾光碟，實情是想把他挣出店外。時而從貨倉拉出手推車，刻意要他讓路，藉此驅逐他。

店前紙箱盛着一批減價貨，插着螢光紙牌，用箱頭筆寫了「大減價5蚊一張」。他姑且尋尋寶，焦黃的指甲逐一點撥，卻見全是韓劇，封面都是年輕俊俏的臉，剎那辨不清那到底是男是女，反正他們都擁有尖削的臉，淡金色的髮。人臉後方，總是散發蠱惑人心的光芒，彷彿故事場景遠不比他們的長相來得要緊。迷你電視機掛在天花，播放着演唱會影碟，戴褐色眼鏡的盧海鵬在唱小調，邊個話我傻傻傻，我請佢食燒鵝鵝鵝。鏡頭給他一個大特寫，映得他下巴的鬍鬚渣子何其清晰。劉銘鼎會心一笑，腦裏倏地浮現燒味店櫥窗，被鐵鈎子吊起的燒鵝，油亮的身體濕淋淋，等待宰割，與旁邊黃澄澄的雞相映成趣。

他抬頭，目光巡邏於滿壁的內地劇，乍看下滿是人臉，背景大多是鮮紅的炮火，身穿軍服的主角，被戰火熏得臉頰髒

黑，皺着眉額，一副奮戰到底的樣子。劉銘鼎只是一介草民，他討厭戰爭這種過於宏大的題材，那是他沒法駕馭和理解的。家中電視未曾放映律師、飛機師和消防員凜然執行任務的情節，倒是有中午時段重播的《真情》，但叉燒炳晚上會在《愛回家》出現，使他產生錯亂的感覺。笑聲笑聲滿載溫馨。百聽不厭的旋律，劉銘鼎會隨之哼唱，從低吟到放腔高歌，唱着唱着，逐漸從片頭看見自己的身影。那個女兒仍在臂彎中，晃蕩出笑聲的身影。劉銘鼎用指骨叩響脆弱的門板，文倩垂頭，翻閱着童書。女兒手握鉛筆，按書中指示，順着序號把點連成線，勾勒出稜角分明的動物圖案。他蹲身，遞上暖水，為女兒別上白色的髮夾作為生日禮物。他並不知道女兒喜歡甚麼顏色，素白已是他能給予的所有。縱使如此，文倩的嘴角還是報以甜美的酒窩。她如此懂事，他想，長大後必會優雅有禮，定會比韓劇那些抹了艷妝的女星美得多。

　　劉銘鼎有點悵惘，眼睛被光碟套的鐳射光暈照射得迷離。他彷彿重返那段沉醉在朦朧的歲月，拒絕清醒，混沌裏他聽到叫囂與抽泣的聲音，晚風吹來，他的情緒稍微舒緩，才發現玻璃碎片已然濺散一地。地上流淌的液體，緩慢地融進烏黑的夜，屋裏滿是酒精嗆喉的味道。濕潤的地板倒映女兒瑟縮的身影。頭上的髮夾，夜裏不被沾染的白，何其亮眼。

　　劉銘鼎踉蹌踏出影音鋪，一無所獲。他按捺得住店主目光的追捕，卻無法承受過分的光芒和渲染，以及封套上多雙眼睛

的注視。尋找一齣劇集，將光碟插入讀取器，終日在反覆的旋動中消耗時間，藉虛構來填塞眼睛，那終究也只是種醉態。

　　沿欽州街前行，劉銘鼎幻想在拐彎處碰上一位女子。她身材高挑，秀髮自雙肩垂落，笑起來頰上有明顯的凹痕。倘若真碰上了女兒，他有信心能從眉宇間辨認出她，並隔着馬路駛過的車輛，呼喊她的名字。她是否聽到父親的呼喚？這樣的情景在劉銘鼎心中預演多遍。可是，這畢竟只是想像，現實中他已把腿踏進人家的地攤裏。

　　喂你睇路啊。小凳上坐着一名老婦，背向前傾，手執塑膠扇撥涼，有恃無恐的樣子。地攤放着缺蓋的鑊、滿是皺褶的漫畫書、支離破碎的鐵甲人、一副泛黃的麻雀牌。它們大概是老婦從廢物箱撿來，遭人丟棄的事物，輾轉竟成了商品，以低廉的價錢開啓它們的第二生命。一個素白的髮夾陡地閃亮，劉銘鼎愣愣的站着，不發一言。髮夾攔在斷臂鐵甲人旁邊，好像得到某種虛擬的庇蔭。他執起髮夾端詳，彷彿聽到文倩抽搭的聲音。

　　劉銘鼎蹲下，確保與坐着的老婦視線平等，才瞪着眼，吼一句：你到底拐咗我個女去邊？聲音異常粗糲，兩個從凍肉店步出的主婦，連忙把找續的零錢溜進褲袋，走避開去。老婦稍抬頭，方意識到眼前蹲着的這個一身破布的男人，呼喝的對象是自己。你癲線咩我幾時識你個女！她下意識挪動貨品的位置，卻沒法移開旁人的眼睛。你鍾意個夾就攞去，咪阻住我做

生意。老婦息事寧人，沒料到圍觀的人越來越多，只是他們都刻意與劉銘鼎保持距離。平常人的糾紛尚能平息，卻沒有人膽敢干預眼前這個頭髮蓬亂、眼神渾濁的瘋漢的言行。只見劉銘鼎忽然提起地上的麻雀盒，直往老婦的頭顱叩過去。尖叫聲迅速在街道兩旁炸裂開來，還有玉石碎裂的聲音。翠綠的牌子撒落周遭，好些染上殷紅的血，遍佈倒臥在地的老婦身上。劉銘鼎愣在原地，髮夾緊緊攥在手中，渾身抖顫。他聽到救護車由遠至近的鳴響，死癲佬無端端打人拉佢入青山啦，人們邊説邊踏着疾步離開現場。影音店傳來尹光輕佻的歌聲，喂喂荷里活有間大酒店，有三個肥婆學踢波，學踢波。

張姑娘焦急地趕來，回應警員的提問時，劉銘鼎的手腕已遭手扣鎖上。他沒有掙扎，沒有抗辯，只靜靜抬頭，望對街的樓宇，一戶人家在陽台掛了幾隻光碟，由一條繩子串連。光碟隨風微微旋動，折射出絢爛的彩虹。劉銘鼎恍神，拱着手向張姑娘説：我聽你話，帶咗鎖匙，你幫我解開個鎖好無。今日我個女生日，我買咗個髮夾送畀佢。説罷，嘴角咧開燦爛的笑容。

擱在鋅盤裏解凍的肉，滲出了血水，緩緩流進去水口。夕照透過排氣扇的縫隙，灑落僵硬的肉塊，照出一道道密集交錯的，砍劈過後的刀痕。

追 風

峰伯不相信自己會迷路。

他沿天橋的斜坡徐徐拐落地面，便見鐵絲網罩住一片丟空的廢墟。那裏再沒有光明，沒有人踐踏，只有混凝土的灰，偶爾會有一張摺凳擱在中央，不知供誰暫坐，椅面的迴旋木紋披上一層灰。網與網之間有條晦暗的通道，峰伯雖有老花，可他仍清楚看到，那幾級通往裕民坊的石級，老早磨得稜角模糊，陽光撒在上方能照出渾圓的光澤。幾個人踏着石級，迎面下來，卻被身後陽光映成一團黑影。

他呼呼喘着氣，費力挖取零碎的記憶，怕自己忘了回家的路，又擔心兒子發現，倍感燥熱難耐。橋上尚且有風，方才他就在橋上眺望，看了很久，彷彿都忘了時間。觀塘道繁忙的車輛在身下奔馳，峰伯在橋上，感到疏離的愜意，還有風。風把他寬鬆的袖子吹得鼓脹，不像瑞和街的家，從窗戶眺出去，以前從碼頭迎來的海風被高樓擋去，變得稀薄。地盤打樁的聲音時刻扎進他午睡的夢，新建成的豪宅逐漸超越前方物華街唐樓

的高度，掩埋半邊天空。兒子和媳婦周末回來晚飯，臨走總得
向他囑咐一句：爸，記得留係屋企，唔好亂咁走，依家觀塘你
唔熟路，萬一過咗牛頭角唔認得路返嚟就弊。他總是陪笑打發
過去，輕撫着孫女晴晴的頭。晴晴按着手機，僵站着，查詢下
一班巴士抵站的時間。

　　峰伯真想反駁，觀塘的路，他自認閉上眼睛也懂得走，用
不着像他們那樣，手機平放掌上，開啓定位，像個風水師手執
羅庚一樣指點方位，觀察藍點的去向，才放膽邁步。他仍清楚
記得，在雞寮的歲月，每家每戶敞開門戶，一條開放式長廊把
鄰舍連結起來。如今鐵閘卻總是合攏的。上年兒子得悉瑞和街
有偷竊案後，執意要為家門設防盜鏈，着他睡覺前要把突出的
鏈頭套進金屬坑，放手，鎖鏈垂落，這樣才安全。臨走時兒子
不忘回頭，隔着狹窄的門縫說，最好唔好熄晒啲燈，留返廳個
盞開住，賊仔就唔敢入屋。他點頭打發過去，關門，胸口一陣
發悶，這才察覺原來走廊吹進來的風那麼清涼。那夜他私自把
防盜鏈抽出，關燈睡覺，漆黑中只有通紅的神枱燈，映着四個
疊成小丘的橘子，都蒙上薄薄的爐灰。妻子正溫柔注視着他，
笑靨如昔。

　　深宵的觀塘停止興建，恢復沉寂，峰伯卻總在夜半咳嗽
醒來，喝水又嗆住，害得喉嚨又癢又痛，睡意紛紛竄走。他坐
在床沿凝看着妻，想起她盛一盆水，讓他早上起床便能出走廊
洗漱的歲月。那天整個雞寮沸沸揚揚，都說着李修賢來了上邨

拍戲，他喜歡警匪片，便去湊熱鬧。上邨的樓房，每層走廊都探出一列頭顱，像電線杆上的鳥，朝下方注視，除了群眾，他甚麼也看不見。峰伯看見李修賢出現在雞寮，已經是在電影院裏，那齣電影名《公僕》，取景都在觀塘一帶。他們特意往銀都戲院看，劇情至今已經很模糊，倒記得空調很冷，峰嫂繞着他的手微微打着哆嗦，故事發生的背景全是他熟悉的地方——雞寮、裕民坊、巧明街，可他偏沒有遇上李修賢，彷彿他們都置身平行時空，擦肩而過也看不見彼此。

餘下的時間，峰伯徹夜無眠。他悄悄開了門，走廊有黯淡的光，對流的風。他把小板凳拿到門邊，吹着風，想着過去，才感到呼吸平順些。

於是他知道，他嚮往海風。在輔仁街的廣東燒味吃過早餐，他便朝碼頭的方向走。

可是他迷路了。

身邊都是行色匆匆的人，兩旁盡是車輛和廢氣，根本沒有風。他好辛苦邁開腳步，踏上石級，裕民坊的陽光便把他擁入懷裏。這才發現，道上只有拉起的捲閘，閘門有的被塗鴉，可是不少已經褪色，露出鋅片的灰，有的貼了紙，上方印刷了像童話般的綠色建築物，峰伯分辨不清那到底是公園還是住宅，他只知道，他的記憶裏不存在這樣的地方。

綠燈亮起，他正要過路，一輛泥頭車卻從地盤倒駛而出，一個皮膚黝黑的婦人戴着安全帽，步出馬路中央，手臂不斷揮

動，示意峰伯讓道，而綠色人形圖案已經開始閃動。他循着記憶的軌跡前進，打算經輔仁街，直路穿上瑞和街，黝黑婦人把他攔截：阿伯，呢度係地盤，唔入得。他愣在原地，泥頭車駛出後，地盤中門大開，他伺機窺看內裏乾坤。一棟建築物拔地而起，鑲嵌的玻璃幕牆，直把強光刺進峰伯的眼，烙上深刻的殘影。他連忙眨眼，恍惚間，好像看見了銀都戲院屹立前方。散場時，峰嫂說這樣的電影幾十年後睇番好有味道——他們曾如此深信，建築物能永遠扎根。

峰伯忽然想看《公僕》。他記得裕民坊公園旁邊的小巷有家影片店，賣廉價光碟，不像觀塘廣場頂層那些垂下黑布簾、只賣色情碟的店。公園依舊，只是旁邊候地變得空蕩蕩，巴士總站比記憶中前移了，彷彿長了腿，朝他步步逼近，像要把他篩出馬路。峰伯想起在歡樂天地看別的老人玩推錢機。滾下的代幣錯落堆疊，成功佔據空間，便把邊緣的錢幣慢慢擠出，篩落，然後換領彩券。

一襲移動的陰影忽然把他網住。峰伯仰頭觀望，吊臂架提着一扎建築原料，在他頭蓋上緩緩盤旋。相比那些鋼材，峰伯覺得自己的骨頭是那般脆弱，那般不堪一擊。這種渺小的感覺，叫他想起往年颱風山竹襲港，他從緊閉的窗戶瞄出來，便見吊臂架隨烈風晃動，打着沉悶而不規律的圈。

他必須繞道，循地盤圍板的外圍走才能回家。峰伯瞄瞄腕錶，已近向晚。他沒有察覺到，朦朧的錶面下，藏着一隻小蟲，正努力追趕流動的時間。

附 錄

本書作品刊登及獲獎記錄

作品名稱	發表時間	發表刊物/曾獲獎項
綠箭	2019年1月	《字花·別字》第15期
殘紅	2019年9月	第46屆青年文學獎小說高級組優異獎
百葉窗簾	2019年9月	第46屆青年文學獎小小說公開組亞軍
緣	2020年3月	《大頭菜文藝月刊》第55期
梯間	2020年3月	《香港文學》第423期
安居	2020年3月	《中學生文藝月刊》第110期
解虫	2020年4月	《大頭菜文藝月刊》第56期
四時的守候	2020年4月	《大頭菜文藝月刊》第56期
餘溫	2020年5月	《大頭菜文藝月刊》第57期
阿紫的彩虹	2020年9月	《大頭菜文藝月刊》第59期
根	2020年10月	2020中文文學創作獎小說組第二名
	2021年8月	《城市文藝》第113期
辭雲	2020年11月	《大頭菜文藝月刊》第61期
阿紅的天空	2021年3月	《大頭菜文藝月刊》第65期
影	2021年4月	《大頭菜文藝月刊》第66期
快餐	2021年5月	《工人文藝》第28期
排拒	2021年5月	第十一屆大學文學獎小說組優異獎
肥皂夢	2021年8月	《方圓》總第9期
歧途	2021年9月	《香港文學》第441期

香 港 藝 術 發 展 局
Hong Kong Arts Development Council 資助

香港藝術發展局全力支持藝術表達自由，本計劃
內容並不反映本局意見。